魅力文丛
MEILIWENCONG

四季如歌

（下）

柳金虎 著

克孜勒苏柯尔克孜文出版社
新疆电子音像出版社

故乡的西岭

　　故乡傍岭而居,因那岭位于村西侧,故有"西岭"之称。

　　实际上,西岭不过是一个隆起的巨大土堆,走势不高,坡地舒缓。但毕竟是岭,土质薄瘠,不易保墒,数百亩地收获甚微。村人有谚云:洼地一分田,胜似十亩岭。

　　岭地虽然贫瘠,但对以粮为天的农人来说,毕竟还是命根子一样的金贵。从我记事时起,故乡人就开始穷尽心力无休无止地改造着西岭。忙完秋收,他们扛起铁锹,在数百亩岭地里日夜奋战,改岭造田。终于,改凸了一块块错落有序的梯田,修筑起一道道经纬交织的田埂。然而谁也没有料到,人工雕饰的结果竟是那样不堪一击,来年雨季的首场瓢泼雨水浇了下来,上百名壮劳力一个冬天的汗水顿时被毁于一旦。梯田被冲毁了,尚未长成的庄稼被冲得东倒西歪,收成自是受到了严重影响。但是故乡人并未就此罢休,在又一个冬闲到来时,他们推着小车,肩起担子,再次浩浩荡荡开进岭地,继续着那个改岭造田的创业壮举。

　　如是许多年过去了。西岭依然是西岭,收成依然少得可怜。上个世纪 80 年代初,大锅饭终于成为明日黄花被写进了小村的历史。我也走出校门成为一名农民。我曾豪迈百倍地站在秋风萧瑟的西岭之巅,目睹前辈穷极心血的创举,心底生发出一声慨然长啸。西岭,承载了父辈太多的辛劳和汗水,却始终旧貌未改,贫瘠如故。而今,我们来了——在我们这些新时代的农人的手中,或许西岭的新生已经真正开始了。

春风又绿了西岭的稀薄植被,我们这些青年农民肩扛着铁锹镢头开进了西岭。与父辈的努力迥然不同的是,我们不是在改岭,也未制造梯田,而是在田里刨出了星罗棋布的树坑,栽下了一棵棵充满着希望的山楂、苹果树苗。在当时,这是一个创举,也无疑遭遇了生生世世垂爱粮食的农人的指摘。不少先辈长者的皱纹里泛出痛惜,目光中露着迷惘,农民世世代代以粮为天,种地而不种粮食,岂不是不务正业?对此,我们这些年轻的农民给以这样的回应:粮食乃收获的表现形式之一,丰收的概念原本就非常宽泛,只是在那些特殊的年代里被人为地模式化了,从今以后,咱们的西岭不仅能生长粮食,还能生长大把大把的钱币!

在四季不变的更迭中,西岭开始变了模样。先是成了林的西岭,微微南风一吹,岭上的果树随风摆动,宛如列队待发的兵士,透出勃勃气势。再是成了花的西岭。山楂花、苹果花、梨花、桃花,粉白红艳,煞是壮丽。花香引得蜂蝶嘤嘤起舞,引得恋中男女流连忘返。接着又成了果的西岭。大苹果,甜水梨,红红的山楂惹人迷。那满树的果实水灵灵鲜,密匝匝挤,都压弯了枝头。果子终于上市了,一筐筐鲜果出手,一沓沓钞票进了衣兜……还是那个西岭,还是那些薄地,织就的却是一幅崭新的致富图。

在西岭迎来了首个丰收年景的 1986 年年底,我怀揣着青春梦想离开了故乡,投身到西部边疆的一座军营里。睡梦中,我曾无数次漫游在西岭葱郁的林地里,时常为西岭的繁荣图腾兴奋无眠。此后多次回乡探家,我都选在果实累累的金秋,一头扑进西岭的怀抱,品尝着甘甜的果实,感慨着西岭给予农人的慷慨馈赠……然而,令我万万没想到的是,如此繁茂丰收的西岭,有一天却又不得不回到了贫瘠的过去。前年秋天,当我又一次探家回到西岭时,呈现在我面前的已不再是那幅丰收的图景——满岭的果树被刨掉了,矮矮的庄稼又成了主角。弟弟向我详细讲述了其中的因果。西岭的失败在于盲目开发和种植。当初,由于缺少统一规划,家家户户发展果业,结果果子丰收了,销路却成了大问题,以至于到后来两麻袋山楂果在集市上还卖不到 10 元钱……

　　曾经繁茂兴盛的西岭再次归入了沉寂,但西岭的主人们并未停止探求的脚步。今年春天,我又一次回到故乡探亲。一个和风徐徐的傍晚,我与担任村民委员会主任的三弟一起站上西岭之巅。春种尚未开始,岭地正在沉寂中酣睡。黄昏下,尚能依稀寻出昔日改岭造田的影子,但那些疤痕一样的印记都已经模糊成遥远年代的记忆了。

　　"二哥,你看——"这时,三弟往远处一指,"那些树坑,是我们刚刚挖下的。过不了几天,整个西岭都会挖满这样的树坑。"我这才注意到,在岭底的几块条田里,密密麻麻地布满了树坑,便忍不住问道:"怎么,还要栽果树哪?"

　　三弟微微一笑:"栽树,但不是栽果树!这是一种经济型树木,是村里考察后引进的,只需 6 年便能成材,到时每棵树价值 100 元左右,一亩岭地纯收万元不成问题!"

　　听到这里,我的眼前顿时铺展开这样一幅图景:西岭成了栋梁树木的海洋,林涛阵阵,那是故乡人的笑声。我想,西岭的故事这才刚刚开始,西岭的明天会更加美丽!

（原载 2008 年 5 月 27 日《新疆日报》）

苦难让眼泪走开

我有生以来最难过的日子是在 1982 年的那个早春。

那年春天,北方的天气特别寒冷。由于爹的去世,我们全家人的心头也都罩上了一层寒冰,真是冷彻了肺腑。

爹去世了,我们的天空一下子塌了。那些天,娘因过度悲伤病倒在炕上,而作为长子的大哥刚参军还不满两个月,此时正在北京的一个空军部队的新兵连服役,我和双胞胎弟弟刚刚过了 15 岁生日,我们下面还有一个 11 岁的妹妹和 7 岁的弟弟。那年,农村开始实行大包干,我们家分到了二十多亩地,没有耕畜,没有犁具,也没有能干体力活的劳力。家里穷得叮当响,给爹治病已经欠下了上千元外债,当时家里连买一包火柴的钱都拿不出来……

现在回想起来,那些日子,我们家就像一叶失去了舵手的小船,在举目茫茫的海浪上颠簸着,没有目标,难辨方向,不知最终会漂向何方。我至今仍记得当年邻家婶子大娘们的叹息声:"这家人,老的老,少的少,算是没有好日子过了!"不少人都劝娘写信把家里的难处跟大哥部队领导讲一讲,让大哥提前退伍。娘流着泪坚决地摇了摇头。

但悲苦的日子并没有持续多久。有一天,娘突然从炕上爬起来,她擦干了自己的眼泪,把我们兄妹几个都叫到身边说,你爹不在了,可咱家的日子还得过下去,靠眼泪是换不来好日子的,从今往后娘不会再流一滴泪,你们也要学娘,再苦再难,也决不能流那些没骨气的泪！

不久，春种开始了。娘领着我和三弟来到责任田，开始了没白没黑的艰辛劳作。没有犁具，娘就东家求西家借；没有耕牛，就让瘦弱的三弟扶犁，娘和我将绳索套在肩膀上拉犁。我和娘弯着腰，绳索深深地勒进皮肉里，每迈出一步都是那么艰辛。中午，别人家早早收工回家吃饭了，我们就着呛人的春风嚼着自带的棒子面饼子充饥；天黑了，寂静的夜空下，家雀都在枝头栖息了，我们娘儿仨还在地里不停地忙碌着……就是凭着这种辛劳和苦累，我们硬是将二十多亩地全部播下了种子，没有抛荒一分一厘。在那些艰难劳作的日子里，娘始终没有落过一滴泪，她用自己的坚强影响着我们，在一个又一个困难面前挺直腰杆闯了过去。

此后的日子，同情和叹息渐渐不再属于我们。尽管艰难困苦依旧存在，但是再苦再难，娘都领着我们咬牙扛过去了。在没有泪水，唯有艰辛汗水相伴的日子里，我们家的这条小船也开始鼓满了风帆，正向着一个清晰的目标航去。

大包干第四年，家里不仅还清了全部外债，还拥有了自己的耕牛和犁具。那时，村里不少人家都开始扒掉茅屋盖砖瓦大房，娘也带领我们到石坑里扒石头，下河沟挖沙、捡石子，一点一点积累，终于也盖起了四间气派的砖瓦大房。

日子好过了，娘却没有清闲下来，她把目光又投到了更远处。娘对我们兄弟几个说，你们都成人了，不能都窝在黄土里刨一辈子，有机会就出去闯荡一下吧。于是，继大哥参军后，我和小弟又先后穿上了军装。几年后，我们兄弟四个在不同岗位上都取得了一定的成绩，大哥和我先后成了军官，三弟当上了村委会主任，我最小的弟弟也在部队考上了士官学校。我们兄弟四人全都加入了中国共产党。

　　村里人经常羡慕娘的福气好,几个孩子都有了出息,不用为娶媳妇盖房子发愁了。娘总是淡淡地说,孩子们的路都是自己走出来的。可我们知道,在我们身上有一种东西叫坚强,它不是与生俱来的,而是娘赋予我们的。是啊,在突如其来的灾难和困苦面前,眼泪只能消磨人的斗志,因为苦难并不相信眼泪!唯有坚强起来,才能把一切艰难困苦踩在脚下,从而也才能在荆棘遍布的人生路上闯出一条平坦大道来。

　　这些道理将会让我们终生受用。

(原载 2006 年 6 月 13 日《生活晚报》)

非凡的平淡

　　非凡与平淡,是两个意义截然相反的词语,前者超脱于平凡,后者与平凡同义。将这么两个词组合成本文的标题,源于我对身边一些普通党员的认识。在驻疆空军部队里,他们的事迹普通得趋于平淡,然而,平淡的他们却又实在非同凡俗⋯⋯

　　李延银是这众多党员中的一个——

　　黎黑的脸膛,粗裂的双手,高卷的裤管,要不是肩上那两杠一星的少校军衔,在任何人眼里,李延银都是一个地道的农民。实际上,入伍 20 年,他在军营里的的确确干了整整 20 年农民的活计——种水稻。

　　那年盛夏,我去驻疆空军某农场采访李延银时,他已经拥有了一项很高的荣誉:全军农副业生产劳动模范。并且刚刚从北京开完表彰会返回农场。那天,我在散放着腐泥味道的稻田里见到他,他的周身没有一丝劳模光环的影子,仍旧是那副黑红的面孔,裤管高挽了,两腿糊满了黑泥。"有啥事值得写哩,一年 360 多天,干的就是种庄稼的活计。"他抠着脚丫上的泥巴,憨厚地冲我笑着说。我仔细一了解,果然,他的事迹着实平极,也着实淡极。

　　一天、两天、三天⋯⋯一年、两年、三年⋯⋯就这么日日月月平平淡淡地干了过来。早春,冰茬凌利,寒气彻骨,他挽起裤管,下到没膝深的水田里,用铁耙耘平凹凸不平的水田;盛夏,骄阳如火,蚊虫肆虐,他罩上防蚊帽,在稻田里除草施肥,汗水吧滴吧滴往田里落;金秋,风干气燥,稻芒飞扬,他赤着臂膀,奋力挥舞起收割的镰刀;隆冬,北风呼号,滴水成冰,他两手油污,将数十台农机的零部件一个一个地擦拭干净……日复一日,年复一年,他就这么平平淡淡地走了过来。

那是真正意义上的一种平淡,日出而作,日落而息,纤风未见,波浪不兴。然而,就是在这种平淡里,叫我读出了一种非凡的意蕴,我看到了平淡背后的挚爱和执著。

高华瑜是这众多党员中的又一个——

我第一次与高华瑜谋面,是在他的追悼会上。他平静地躺在那里,一如他劳作后的一次香甜的睡眠。

然而,他已经永远地睡去了。他的履历表里的年龄永恒地停在了38岁上。那正是如日中天的人生黄金期。

高华瑜是驻疆空军某雷达团的政委。此前,他是一名平平淡淡的高山兵,在海拔4000多米的红其拉甫气象导航站工作了15年,把人生最美的青春留在了永冻层上。

高山兵的日子是平淡和无聊的,日复一日,在空气稀薄的山巅,他们开动油机,为过往的一架架航班导航。

那时候,过往航班上的各种肤色的乘客或许根本不会想到他们,或许不会知道在那个叫做"红其拉甫"的终年积雪的山峰上,高华瑜和他的兵们正啃着压缩干粮,用指甲凹陷的双手认真操作着那些冰凉的仪器,把"安全"这个最美丽的词汇牢牢写进他们的旅程里。

但高华瑜无怨无悔。即使在他被可恶的高山病缠住,组织上令他下山时,他仍然说:"导航站需要我!"

没有豪言壮语,就这么平平淡淡的一句话,却让我感受到了他傲视艰苦、视死如归的博大胸怀。

　　高华瑜去世半年后,我坐在驻疆空军为他举行的事迹报告会的会场上,聆听着他的妻子艾象云讲述他那些平淡的故事,泪水一次次模糊了我的双眼。正如驻疆空军一位将军的评价:"他的死平平淡淡,却比泰山还重!"

　　是啊,高华瑜为党的事业献出生命,泰山怎能载得动他对事业的一片挚爱,怎能载得动他对党的一腔忠诚!

　　……

　　我的身边,类似李延银、高华瑜这样平平淡淡的党员还有许多,但无须一一列举了。正是因了这份平淡,才有了工作中的默默无闻,才有了事业上的无私奉献,也才有了军队建设事业的不断发展。这平淡中的爱更博大深厚,更真挚无私,这平淡中更孕育着崇高,更孕育着伟大!

(原载 2005 年 9 月 19 日《解放军报》)

沙枣花儿开

我在戈壁滩上一个部队呆了8年。部队驻地有一个我至今也不解其意的名儿:芨芨槽子。像众多文学作品里描述的戈壁滩一样,芨芨槽子这地方也是满目荒凉,方圆数十公里不见人烟,地面上到处都是褐色的砾石,草本植株出奇的少见。不过令我意外的是,这里却生长着一种形态丑陋的树木,丛丛簇簇,异常茂盛。这便是沙枣树了。

关于沙枣树,这些年我极少读到对它的颂扬文字,这大抵是因为它有着不成形状的树冠和色泽暗淡、纹路粗劣的外部形象之故。但就是这样一种寻常不过的植物,在我从军的最初岁月里,曾深深地影响过我的人生选择……

1987年早春,"解放牌"卡车把我和另外几名新战友放在了戈壁滩上一座军营里。这个季节的新疆正是滴水成冰的隆冬,漫无边际的戈壁滩被厚实的积雪覆盖着,放眼望去,雪海茫茫。一排排沙枣树悄然耸立在营院周围,光秃的枝条上结满夺目的冰霜,宛如童话世界里的景致。几个南方籍新兵欢叫着扔下铺盖卷儿,跑到雪地里翻起跟斗。到新兵连接我们的孙副连长笑呵呵地说:"咱这地方跟仙境差不离儿呢,要是不信,改天我领你们踏雪去!"

转眼到了周末,孙副连长带着我们几个刚下到连队的新兵去踏雪。踏雪实际上是在雪地里散步。出了营门,迎着太阳升起的方向,我们漫无目的地一路溜去。最初,风像刀子一样刮得脸生疼,雪光刺眼泪汪汪。但很快就有一股热量从心底汩汩涌出，渐渐浸过我们的肌肤，凝结成津津的汗珠。这时，孙副连长说："都休息一下。"说完，他四仰八叉躺在了雪地上。我们也都模仿着副连长的样子，争先恐后地或仰或卧，紧紧地与身下的戈壁雪融在了一起。这一刻，望着湛蓝湛蓝的天空，呼吸着空灵清爽的戈壁气息，我被陶醉在空旷无拘的戈壁景色里了。

但随着天气的转暖，那些营造着神话氛围的积雪渐渐消融了，戈壁滩露出了灰褐的肤色。风刮起来，扯动着漫天沙尘，在空旷的大滩上肆无忌惮地冲撞。营房前后的沙枣树枝在风中摇摆起来，留下了尖利的鸣声。我们上哨不得不戴起风镜。我曾在镜子里见识过戴风镜的尊容，黑红的脸上，罩着样式古怪的风镜，那模样连我自己都不忍再看第二眼。就在这时候，厌倦悄悄滋生在我的情绪里。

同样在这时候，家信捎给我一个好消息：有位在内地部队工作的亲戚正酝酿着把我调回家乡部队。从此，我开始数着日子盼调令，甚至在枕着风声入眠的睡梦中，我看到自己置身在柳绿花红的胶东平原，手中钢枪与身边美景和谐地交融在一起……梦醒后，兴奋占据了我的心。

然而，日子一天天过去，调令却杳无信息，我的心绪变得一天比一天差了。这个早上，我终于"病"了。宿舍里静悄悄的，战友们都出早操了，嘹亮的号子透过半开的窗户传入我的耳朵。我躺在床上，突然感到别有一番滋味在心头。这是我参军以来第一次没参加早操训练，而且是因为这种很不光彩的缘由，我顿时觉得像被人抽去了支撑的筋骨，脸上也灼灼地热起来，意欲起床，谁料整个身子却像面条一样绵软无力，最后又昏沉沉地睡了过去。

迷蒙中，一阵异香袭来，使我混沌的脑子顿时清爽了许多。我睁开眼睛,望见床头柜上摆着一个空瓶,瓶里插着一束沙枣枝,灰绿的叶片间缀满了淡黄的小花。这便是沙枣花,那浓郁的香气就是从沙枣花里漫出来的。后来我才知道,这束沙枣花是孙副连长收操时特意为我折的。

形态丑陋的沙枣树竟能开出如此芳香的花朵!我在惊讶感叹的同时,不由得对沙枣树平添了无限的好感。

这天晚饭后,孙副连长约我来到营区外散步。这个季节的内地已是满目芳菲的初夏了,而戈壁滩却刚刚迎来春天。落日余晖洒在大滩上,给这片荒冷的土地披上一层暖洋洋的色彩。远处近处的沙枣树全都怒放开花朵,那些不起眼的小花捧出馥郁的香气,萦绕在我和副连长的周围。

我们漫步在营院外面的沙枣树林里。孙副连长讲起他刚当兵时的经历。他从江南入伍来到这片戈壁滩,最初也曾失落彷徨过,后来在一个沙枣花盛开的季节,他收到了父亲写来的家信。父亲也曾当过兵,他用一名老兵的口吻对儿子说:戈壁滩是锻造真正男子汉的摇篮!这封家信给了孙副连长莫大的勇气和力量,以至于在他后来军校毕业的时候,又毅然决然地回到了这座戈壁军营……

孙副连长抚着身边一棵沙枣树说,我在戈壁滩上呆了近 10 年,最喜欢在沙枣树丛里散步了,特别是心里烦闷的时候,只要面对沙枣树,一切忧愁皆烟消云散。一顿,他又说,别看这些树长得很丑陋,但它们实在是很不一般的树,它生性喜旱,与青山绿水无缘,而在其他植物难以存活的戈壁荒滩,它却茂盛地生息繁衍,成就了一种别样的风景。孙副连长继续说,还是我父亲说得对,咱军人就应该像这些沙枣树,越是在恶劣的环境里越不能消沉,而要努力与之抗争,在艰苦的日子里创造出辉煌的人生!

孙副连长一席话宛如记记重锤敲打在我心上。面对这些非凡的沙枣树，我顿时觉出了自己的卑微和怯懦。此后的日子，我时常一个人来到沙枣树丛中，面对沙枣树仔细品味着这些话语。每一次品味，心灵都会得到一次升华。

进了初秋，调令终于来到了我身边。领导征求我的意见时，我只说了一句话："不调了！"接着便来到戈壁滩上，将那张曾经梦寐以求的纸片烧掉了……从这以后，我在茇茇槽子呆了一年又一年，直到后来被上级机关调走。

去年沙枣花盛开的季节，我又回了一次老部队。营区周围的沙枣树更粗了，也更高了，唯有花香始终没变，依旧那么浓郁，那么醉人。年复一年，沙枣花儿开了谢，谢了又开，它们不遗余力地用自己的生命装点了戈壁滩的春天。走在花香扑面的营区里，望着迎面而来的那一张张充满青春活力的被戈壁风沙吹黑了的面孔，我突然想，这些沙枣花不正是戍边战士为祖国盛开的青春之花的写照吗！

（原载 2003 年 8 月 3 日《人民日报》）

秋

在车上

在乌鲁木齐工作了近二十载,其间回故里胶东探亲时多以火车为代步工具。"火车小世界,社会大舞台。"在火车上,喧闹的世界似乎浓缩在这节节车厢里了,眼见的是各色人等,耳听的是南腔北声,短暂的旅途,总会让你长一些见识,添一些回味,多一些感叹——

1993年盛夏,我从北京乘上进疆的69次特快列车。那时候,进出新疆只有一条铁轨,车厢里极度拥挤。即便是在卧铺厢内,也显得异常嘈杂,拥挤不堪。

火车驶离北京站。匆促登车的汗迹尚未从一些乘客的额际消失,人们便又开始了另一种忙乎。嗑瓜子的,抽烟卷的,车厢里弥漫着紧张繁忙而惬意的气息。乘务员站在车厢一头不停喊起来:"请乘客们不要在车厢内抽烟,请不要随地乱扔瓜子皮和纸屑!"却哪里有人肯听,瓜子皮照旧随地乱吐,照旧有人坐在铺位上吞云吐雾,年轻女乘务员的提示声早就被乘客们繁忙无序的飧食声湮没了。

临近中午,列车广播播送供应午餐的通知。我邻铺的几个汉子兴高采烈地从铺下拖出一条硕大的编织袋,取出来烧鸡、鸭蛋、啤酒等吃食,摆了满满的一茶几,随后启开啤酒,一人一瓶对瓶而吹。烧鸡被四零五散地撕碎塞进了嘴里,鸡骨从张张流油的嘴角吐出来,砸到地板上,有的翻了几个跟斗,蹦跳着弹到了铺下面。空了的啤酒瓶在脚下倒着,未尽的液体顺出来,在地板上蜿蜒流动……

差不多整个车厢内都是这样的景致。中国人的"吃在车上"、"穷家富路"，真是不虚此言。不过，却苦了身材弱小的女乘务员，一路上不停地清扫拖洗，汗水从未干过。

就在这趟列车上，我也见到了另外一种景致。那是几个蓝眼黄发的外国游客，他们也吃自带的饭食，也是摆在茶几上，不过吃得却极为小心，极是雅静。他们脚下，撑开一条塑料袋，哪怕是掌间的一粒面包屑，也被小心地投进了袋中。望着那轻盈自然的举止，我突然像被谁扇了厂巴掌，两腮滚烫地烧起来。这次旅程的回味在我心间缠绕了许久，后来我接连写了三篇文字，登在了新疆的一家报纸上，虽然自知无甚大用，却实在做不到有话不说。

这之后好长一段时间，我再没有坐过火车。

2003 年盛夏，我又一次踏上了这条旅程。十年光阴匆然而过，进出疆的铁路早已变成复线，列车也换成了空调列车，并且已经数度提速，当真是风驰电掣了。那天，我在济南站乘上 189 次特快列车，一路经河南、陕西、甘肃等省区，向着万里之外的新疆而来。卧铺车厢里很安静，人们小声地交谈，也有的在打牌，也有的吃着水果、嗑着瓜子，反屑都放在专用的盘子内，装满便倒进垃圾袋里。午餐时，也有人吃着烧鸡，喝着啤酒，但再也没人往洁净的车厢地板上吐鸡骨头了。一切都显得自然而和谐，人们的心情也恰如这车厢里适宜的温度，写满了舒适爽净。

在这样的环境里，我的双脚出奇的爱动了。我挨节车厢转起来，从硬卧到软卧再到硬座厢，每节车厢都保持着洁净的状态，即便在满当当的硬座车厢，也不再有人在车厢内抽烟了。一些孩童在车厢内尽情地游戏，透明的笑声缭绕在洁净的空间里，也缭绕在成人们的情绪里。

我不由得感慨起来。变化是在悄无声息中发生的，一如我们身边这个日新月异的世界。变化也是必然发生的。历史正如这节列车，她负载着整个人类，从刀耕火种的时代，突破重重烟瘴雾霭，沉稳但坚实地驶来，又会踏着信息时代的节拍沉稳但坚实地驶去。在这一步又一步前行的征程上，人类的变化就像一个孩子的成长过程，在不断地甩掉稚气，不断地脱胎换骨，不断地走向成熟，而后又用自己的双手推动着历史的列车，向着明天一路奔去。

明天更美好。这是丝毫也毋庸置疑的。

（原载 2004 年 11 月 25 日《新疆日报》）

新疆口音

　　口音，即说话的声调和习惯。尾音老长，时常把"谢谢"讲成"塞塞"，且每句话后拖着"啦"字尾巴者为广东口音；话音曲里拐弯，时常骂别人为"锤子"、"鬼儿子"者为四川口音；吐出的字嘎嘣利落，时常把"人"说成"银"、把"肉"说成"又"者为山东口音。可见，口音是地域的标签，通过口音，人们大抵可以辨别出一个完全陌生的人为何方人士，并且常常准确得八九不离十。

　　与上述地区的口音比起来，新疆口音还是颇有些普通话味道的，是比较容易听懂的，即便你是一个初次接触新疆人的人，只要新疆人这么一开口，你绝对不会流露出像听广东话、四川话那般迷茫的表情的。当然，新疆口音也有一些比较显著的特点，如"我挺好"，新疆人说成"我嘛，好得很"，"过来呀"说成"过来洒"，"我服了你"说成"我把你服给了"等等。这些话与标准普通话比较起来尽管略有些出入，但并不难懂。我最欣赏新疆口音之处，就是这种口音的好听易懂，每个句子都似泉水一般清澈透明，让人不至于为听不懂弄不明而产生莫名的害怕。

　　十五年前，我刚参军来到新疆时，在市郊一座军营里站岗。连长说，新疆是咱的第二故乡，你们站岗值勤经常跟老乡打交道，得学会说新疆话，最好人人都能操着新疆口音说话。正当我们信心百倍地准备拜师学习时，一位老兵说，学点新疆话不难，但要让自己的口音变成新疆口音就不那么容易了。想想也是。我们都是从五湖四海汇

新疆口音　　165

聚到新疆的，每个人对自己家乡口音都已习练了近二十年，这冷不丁要扔开家乡口音变成新疆口音，无异于重新脱胎换骨一般困难。但老兵又说，多跟新疆人在一起，日子久了你就变成新疆人了，保准说一口流利的新疆话。为了早日掌握新疆口音，我们这班新兵便真的想方设法往新疆人身边靠起来。也巧，汽车班班长是乌鲁木齐人，我们一些新兵有事没事总爱往他跟前凑，极尽所能与他对上几句话。但我可能天生愚笨，学来学去总是出不了什么名堂，有时感觉一些字句的发音已经很有新疆味了，但一开口却全然不是那么回事……

　　一晃，我在乌鲁木齐已经呆了 15 年。十五年，是人生岁月里一段不算短的时光。岁月已经把我的外表变成了地地道道的新疆人，浑厚，粗壮，正直。岁月也已经把我变成了地地道道的中年人，我身上能够改变的一切都已经改变了，步子慢了，身子胖了，皱纹显了，但唯有从牙牙学语时就烙在骨子里的家乡口音未变。这对于曾经一门心思习练新疆口音的我来说，不能不算是个遗憾。

　　令我感到意外和欣慰的是，我那尚不足 6 岁的女儿竟然练习了一口地道的新疆话。我想，这恐怕与小女在乌鲁木齐出生和成长有很大关系。现代人对籍贯的概念已经相当淡漠了，就连填写表格，"籍贯"也已经被"出生地"所取代，可见出生地对于一个人的重要。因此，从这个意义上讲，我的女儿应当算是一个地地道道的新疆人了，既然是新疆人，操着新疆口音说话当是情理中的事情。

　　哦，新疆口音，我十五年前与你结缘，十五年来与你相伴，十五年后的岁月还会继续与你相恋相守。你已经成了我生命中不可或缺的内容，成了我精神植根的沃壤。

（原载 2001 年 9 月 15 日《都市消费晨报》）

带刺的玫瑰花

写批评稿被誉作"栽刺"之提法,不知始于何时。但古往今来,因批评稿"惹祸"的例子却举不胜举。

我有两位熟人就曾做了"前车之鉴"。一位是小学鹿老师。上世纪七十年代中期,鹿老师因不满学生停课"闹革命",就写了个"读者来信"投到省报,结果稿子非但没见报,反被自上而下一路查下来,鹿老师被打成"现行反革命",劳教 3 年方获自由。自此,他与笔墨势不两立。

另一位是我的兄弟,略通些文墨。上世纪八十年代中期,一辆过路丰田货车在我家乡的乡政府驻地突然起火自燃,司机连忙求助,街边十余乡人奋勇扑救,然而火倒是扑灭了,车上货物却也被众人哄抢一空。我的兄弟目睹此景,心潮难平,挥笔写就一篇批评稿,登在地区党报显要位置。稿子发表后,麻烦接踵而至,一位副乡长甚至威胁要将他"清除出乡"。从那以后,他再也没动过笔。

我从小就喜欢写写画画,上世纪八十年代初读初中时曾在县广播站被播过几篇歌颂抗旱的广播稿,自此对写稿热情更高。1986 年秋,我被"作家梦"牵引着走进了西部军营。记得离家之前,小学老师送给我一本笔记本,语重心长地在扉页题道:"话多常有失,言过必招灾。此生当谨记,莫踏我辈鞋!"我的那位"一朝遭蛇咬"的兄弟更是苦口婆心:发表稿子是件好事,但一定要多栽花少栽刺!就连我的不识字的母亲也是千叮咛万嘱咐:可别写那些惹祸的东西……

应该说,前人的教训,我还是牢牢记在心上的。在从军的最初两年里,尽管听到和看到了一些让我颇感"不吐不快"的东西,但我一直牢记"话多常有失、言过必招灾"的训诫,始终未能诉诸笔端。也难怪,刚从"文化大革命"灾难中挺过来不久的中国人,宛如从一个梦魇中初醒,梦的影子兀在心头缠绕,羁绊尚未完全摆脱,言论的慎重自是情理中事,不敢批评自然也成了"正常现象"。

但"正常现象"很快就变得不正常起来。上世纪九十年代初,已经在报刊发了几十篇"栽花稿"的我,突然发现了一个有意思的现象,驻地不少报纸纷纷开办了"读者之声"版,发刊词称"颂扬真善美、鞭笞假丑恶",有的甚至点明"欢迎批评监督类稿件"。部队驻地一家党报为此还开辟了一个极富诗意的专栏"刺玫瑰",广纳"带刺儿"的稿件。我当时并未意识到,报刊上的批评监督渠道的畅通,标志着我们已经真正进入了言论自由的时代。

我的第一朵带刺的花,就是在"刺玫瑰"的苗圃里绽放的。那是一篇稚嫩的言论稿,记得标题叫做"公厕收费为哪般",批评驻地乌鲁木齐公共厕所卫生差。稿子在报纸上发表后,我心中颇有些忐忑,担心"惹祸"。果然几天后就有事了。不过不是坏事,而是接受了乌鲁木齐市环卫局工作人员的造访。来访者说,我的稿件见报后,他们非常重视,当天就派人去调查,了解到情况属实,专门开会研究制定了改进措施。最后,他还握着我的手说:欢迎继续对环卫工作监督。果然,公厕卫生自此大有改观。

一篇几百字的小批评稿,引人如此重视且不说,还带来了一种状况的改善,这是我事先不曾预料到的,同时也让我对舆论监督的功用有了更加深刻的认识。我想,写稿之人,倘使稿子所传递的信息能促动一种习惯的改变,当是对作者的最大褒奖。从此,我对写批评稿热情大增。

　　一晃十几年过去了，我宛如一个侍弄花圃的农人，以纸为畦、笔墨为锄，精心伺种着那些带刺的玫瑰花。就这样，一篇又一篇以批评为基调的杂文、言论，相继登上了全国 20 余家报刊，有几篇还在征文中获了奖。这些带刺的玫瑰花不但充实了我的刊稿剪贴本，更重要的是装点了我的军旅人生，同时也装点了这个姹紫嫣红的世界。

　　去岁隆冬，我从发表的千余篇稿件里精选出 150 余篇杂文随笔欲结集成书。春节回故乡探家时，专门带上书稿请我的小学老师斧正。已逾花甲的鹿老师一边审阅着打印样稿，一边感慨连连："金虎啊，你算是遇上了好时代！"

　　是啊，我们遇上了言论自由的好时代。言论是一个社会的"反光镜"，言论之进步，折射出社会的进步。这巨大进步，是改革开放 30 年取得的辉煌成就的一个缩影。

　　我们相信，那些带刺的玫瑰花们一定会越开越艳丽。

（原载 2008 年 10 月 15 日《新疆经济报》）

山巅的歌声

我当新兵时,在海拔 1800 多米的高山对空台服役。台里只有我和台长老戴两个兵。寂寞和艰苦自不必言。

一天天刚放亮,电话铃响了。是指导员打来的。指导员的声音从相距一百多公里的连队传到高山顶上,听上去就像是站在我的身边说话:"咱们军巡回演出队的演员要上山为你们两人演出,歌手白灵也要上去呢!"

放下电话,我抑制不住满心欢喜,连忙跑到机房向台长老戴报告。老戴一听,起初有些不相信,见我不住地点头,这才咧开嘴巴,两眼刷地放出光芒。"是真的?"老戴兴奋地说,"白灵可是咱们军里有名的歌唱家呢!"

这是暮秋的一个极其寻常的早晨。在海拔 1800 多米的青岭山顶,初冬的味道已经很浓了,风在黎明时刚停,这阵子空中积满了灰黑的云团,看来不久就会有一场大雪覆盖下来,从而揭开青岭山长达半年之久的大雪封山日子的序幕。能赶在封山前亲眼看一场白灵老师的演出,无疑成了我和老戴眼下最迫切期待、最高兴的一件事情。

"还愣啥呢,赶紧打扫环境卫生哪!"老戴说着,已经抄起扫帚出了门,我也抓过一把大扫帚走出房子。

房前是一小块混凝土地面,被山风吹了大半宿,已经很干净了,但我们仍旧要认真扫一遍——每次得知有人要上山,老戴总要带着我出来清扫环境卫生。也难怪,在这只有我们两个兵驻守的高山对空台里,在远离战友的漫漫日子里,平时都是老戴你瞅我我看你,我们做梦都盼着有战友上山来。战友来了,我们就像见了亲人一样兴奋。

清扫完卫生,整理好内务,吃了早饭,我们便开始了难熬的等待。老戴一会儿在房子里转几圈,一会儿又走出房子,站在下山的路口张望一阵。我捧着一本书,眼睛盯着那些黑字,却一个字也没看进去。时间过得太慢了!

"坏了!"当老戴又一次拉开门去山口张望时,不由得失声叫了起来,"完了完了,下雨了……"我扔下书,冲出房子。是雨夹雪,下得很急,下山的唯一小路上,已经有泥水在流淌。我们两个人呆呆地站在路口,傻了。

回到房子,老戴变得异常沉闷,坐在凳子上,望着窗户发呆。我却不安地在房子里转悠起来。我们都清楚,下雨意味着什么,山路泥泞,甭说车,人都难以爬上来……

不知过了多长时间,电话嘀零零响了起来。

老戴扑过去,一把抓起话筒。我看见他的脸上突然堆满了喜悦和激动的色彩,眼睛里又放出光芒。"快……指导员说……白歌唱家……电话里……"老戴语无伦次地说着,一把将我拖到电话机跟前,紧接着按下了免提键……

"亲爱的战友,你们辛苦了!我是军政治部业余演出队的独唱歌手白灵,在这里,我给战友们献上我最新创作的一首歌……你是昆仑山的巨石,你是昆仑山的雄风,你用昆仑山一样的身躯,站成永不凋零的绿色风景……"

歌声圆润高昂。歌声清澈透明。歌声像青岭山谷叮叮流动的清泉，又像从故乡麦地里徐徐吹来的微风……尽管没有伴奏的乐器，尽管电话筒远不如专业麦克风，但白灵那优美动听的歌声，让我和老戴深深地陶醉了……

此后的日子，我们时时想起这激动人心的一刻。老戴说，这是白灵歌唱家专门为咱俩唱的歌呢！我说，还有我们这座青岭山！老戴说，就是就是，这支歌比我听过的所有歌都好听！我说，台长你听，这支歌一直都在咱们的山头上回响呢！我们两人于是不再说话，都支棱起耳朵。真的，我又清楚地听到了白灵那清澈优美的歌声——

> 哪怕寂寞常相伴
> 哪怕寒雪和冷风
> 好男儿就要守昆仑
> 为国戍边甘愿牺牲
> ……

后来，我因工作调整离开了对空台。转眼近二十年过去了。其间，我的工作岗位多次变动，也曾多次坐在装修豪华的机关礼堂里，在空调营造的适宜环境中观看专业人员的文艺演出，但我始终忘不了那个偏僻的高山对空台，忘不了那在山巅久久萦绕的歌声。

（原载 2008 年 7 月 22 日《空军报》）

172

大路通天

  战友到我家乡山东高密出差,归来后颇多感慨:"山东的路,山西的醋,陕西的柿子挂满树。你们山东的路条条笔直宽阔,四通八达,果真名不虚传!"听罢战友的夸赞,我由衷地为家乡道路的巨大变迁而感到骄傲自豪。

  其实,家乡的路如同其他地方的乡村小路一样,曾经铺满了坎坷和泥泞。从我记事时起,除了镇上那条横穿镇街的窄窄的省级公路外,家乡再也找不出一条像样的大路了。尽管连接南庄北疃的路有不少条,但每一条路的成因都像鲁迅先生说的那样,"走的人多了,便成了路"。因为缺少规划和治理,这些路有的曲里拐弯,状似羊肠;有的高低不平,形如搓板;有的穿沟爬坡,宛如飘带⋯⋯晴空丽日下,小道上尘土飞扬;雨雪飞舞天,泥泞路坎坷难行。在这样的路上行走,其中的苦楚自不必言。

  上世纪八十年代初,我到离家3里外的镇上念中学。从小村到镇上有一条3米多宽的泥土路,这是我们村到镇上的唯一通道,不知已承载了多少辈人的脚印,然而却始终没能踏平坎坷成大道。路面凹凸不平,中途被一条深水沟拦腰截断,沟上没有筑桥,行人只能穿沟而过。在中学就读的三年里,我最头疼的就是雨天走这条路。路面被雨水泡得喧蓬蓬的,一脚踩下去,淤泥没至脚背,只好提着布鞋赤脚行进。过水沟时先小心翼翼下到沟底,涉过没膝深的浊水,然后手脚并用爬上那面又陡又滑的沟坡。每次爬水沟,人都像在泥水里打了个滚,那狼狈样儿没法提了。

1986 年年底,我正是踩着这条泥泞土路,参军来到了遥远的西部军营。离家那天,秋雨连绵,我的孪生三弟赤脚送我到镇上集合。为防止被泥水弄脏我的鞋袜,三弟用塑料布帮我裹住双脚,扶着我艰难地前行。记得过那道水沟时,由于脚下的塑料布打滑,无论怎样努力,都无法顺利爬上沟坡。最后,三弟只好俯下身子,硬是把我扛上了坡顶……三弟慨叹着:二哥,这里要是有座桥,该多好啊。

三弟的慨叹很快变成了现实。我参军第三年夏天,已经担任村民兵连长的三弟来信告诉我,村里办的淀粉厂挣了一些钱,大伙决定修桥,以后咱村人到镇上去,再也不用下沟爬崖了。这无疑是个令我振奋的消息。那条横亘在乡亲们面前的深深的水沟,曾经承载了几辈人的辛酸和无奈,如今就要成为历史,谁能不高兴呢?此后,这样的令人振奋的消息通过家书不断飞到我身边:村里建起了翻砂厂,村里的砖场效益也不错,村里购进了一辆黄河牌运输汽车……最令我高兴的还是:村里开始动工扩修通往镇上的大路了!三弟在信中详细描述了这条"交通要道"的修筑过程:路基拓宽了一倍,路面铺了石子,石子上覆盖着面粉一样的细沙土,沙土用压路机碾得结结实实,又平坦又宽阔,雨天都不会陷自行车。三弟高兴地说,二哥等你回来探家时,我用自行车到镇上接你!后来当我第一次回去探家时,三弟果真用自行车载着我,走上了这条熟悉又陌生的沙土大路,3 里路,用不了几分钟便到了尽头。

"要想富,先修路。"从上世纪九十年代初开始,家乡兴起了一股修路热潮。济青高速、黄岛高速等全封闭高等级公路就在这时候诞生了,紧接着,过去那些窄窄的省道也被一一拓宽、延伸。与此相适应的是,那些被祖祖辈辈走了若干年的乡村小道,也被一条条地进行了整修和加宽。乡村的路，终于变直了，变宽了，也伸得更远了。路的变迁，带来的是人们生产生活方式的巨大变革，家家户户有了拖拉机，就连平时下田干农活，乡亲们也都用摩托车代步。但路的变迁并未停止，从 2002 年起，家乡又推出了"村村通"新举措，从此，村与村之间的沙土大路也渐渐退出了乡村舞台，取而代之的是洁净坚固的混凝土路。

今年春节，我携妻女回到故乡探家。觅得闲暇，与三弟一起蹬着自行车，在那些四通八达的混凝土大路上恣意行进，亲身感受了现代化大路所带来的无穷快意。还是那样的土地，还是那些质朴勤劳的乡亲，但我们身处的这个改革开放的伟大时代，已经为乡亲们铺展开一条祖祖辈辈梦寐难求的命运坦途。大路通天！我恍如已经看到，沿着这样的大路走下去，社会主义新农村正在前面招手呢。

（原载 2008 年 9 月 9 日《新疆日报》）

秋

"刘不同"轶事

山东兵刘大超有个雅号叫"刘不同",因爱给干部提意见而得名。那年春末,我到警卫连任指导员,一天,正和连长坐在连部研究工作,刘不同一步闯了进来。

"指导员,我来给连长提意见!"

连长嘴巴一咧说,刘不同,你小子对我有啥意见?刘不同道,你让炊事班长扛了一袋面粉给你老乡家,侵占了集体利益!连长当即一愣,接着一拍脑袋:"坏了,忘了这岔事了。钱早就预备好了,谁知一忙没顾得交……"说着,连长掏出钱,塞进刘不同手里,"刘不同,你替我跑趟腿,把钱交给司务长!"刘不同咧嘴笑着说,这还差不离儿。说完噔噔噔地走了,头都没回。

望着刘不同的背影,连长笑着摇了摇头。我却对这兵来了兴趣,后来一了解,小子还真不是一时心血来潮。

刘不同属于先入党后入伍的那一类战士,所以一进军营就是骨干。据说新兵训练结束他分到机关当公务员,一名领导把机关搞招待用的茶叶提回了家,小子追在人家屁股后头硬给拿了回来。结果过了没几天,他就扛着背包进了警卫连。在警卫连里脾气照旧,这不,下连还不满两个月,事倒管了不少,不少党员干部都被他点过大名。一时间,刘不同成了名人,连里不少干部一提起他就摇头:这小子,肯定是缺根筋!"刘不同"的雅号由此开始叫响。

刘不同爱管闲事,只要做得不对,不管是谁,他撞上了就管。这天，他也管到了我这个党支部书记头上。

早操时，我因为头天晚上赶写连队工作计划多熬了会儿夜，就没参加连队早操。没想到收操后，刘不同找上门来给我提意见了。"指导员，你是支部书记，不应该带头不出操！"这时候连长恰好进门，没等我发话，他先开炮了："刘不同，你小子能不能省省？一个小兵管这么多闲事干嘛……"刘不同脖子一梗："你还是不是党员，这是党员说的话吗？"一句话，噎得连长哑口无言。

这件事明摆着是我不对，我诚恳地作了自我检讨。事后，连长喜笑颜开地说，老柳你别说，刘不同这小子，我还真是有些喜欢上他了！我说，批评监督是我们党的优良作风，对这样的同志我们应该支持他！连长点点头。

转眼到了年底，一班长退伍了，在连长提议下，一年度兵刘不同当上了一班长。出乎我和连长意料的是，对于这个任命，全连意见都出奇的一致，可见民心所向！从这以后，我们连队的气象更是大变，各种荣誉纷纷涌来。

第二年年底，我和连长双双破格提升，先后离开了警卫连。如今，我离开连队已经五六年了。刘不同后来考上陆军学院，毕业后回到连队，现在已经当上了副连长。听说小子还是那个脾气，只是"刘不同"的雅号叫得更响了。

（原载 2007 年第 10 期《司务长》杂志）

小黄干事

　　小黄干事因身材娇小、聪敏机灵而得名。两年前,她刚来政治处报到时,我们几个男干事颇有些瞧她不起。

　　那天,主任刚把她介绍给我们,保卫干事老汤就小声嘟囔了起来:"啧啧,一个小黄毛丫头,能干啥呢?"不料这话被小黄干事听到了,她杏眼一瞪:"你能干啥,我就能干啥!"老汤晃了晃碗口粗的胳膊:"掰手腕,你行吗?"老汤掰手腕打遍政治机关无敌手,他每每以此为豪。我们都以为这下小黄干事一定会乖乖受降,不料却听她说:"掰就掰,谁怕谁!"接下来,小黄干事摆开架势,最后当然是以她的惨败而告终,不过却让大伙儿由此开始刮目,这个小丫头片子确实有些与众不同。

　　小黄干事的确有些不一般。这不,刚到政治处上班头一天,就让我们吃了一大惊。那天,主任来到我们宣传股办公室指点材料,照例往桌前那么一坐,习惯性地点上一支烟。不料,刚抽了两口,就被小黄干事从指头缝里给硬生生地拿走了。主任还没闹明白怎么回事,小黄干事就说:"我建议,政治处每个办公室从今往后都应该禁烟!"此言一出,众皆愕然。不过自此后,我们再也没见主任在办公室里抽过烟,就连处里的其他"烟民"也都不敢在办公室吞云吐雾了。

　　小黄干事喜欢唱歌,每天天不亮就起床,然后跑到营区外面的小树林里练习吊嗓子。她的理论是,吊嗓子不仅能练习发声,还能锻炼肺活量,是一种最天然最绿色最安全的健身方式。有一天早晨,大雾弥漫,小黄干事正在忘情地"咿——咿——呀——呀"练着,不想惊动了一位过路的晨练老人。老人连忙跑去向营门哨兵报告说,林子里不知有只什么怪物,正在那儿吱吱哇哇乱叫唤呢。这件事后来传到了小黄干事的耳朵里,把她乐得直掉眼泪。

小黄干事当的是文化干事,她会识谱写词,歌也唱得好听,颇有彭丽媛的味道。在部队,文化工作向来很繁杂,读书演讲、知识竞赛、文艺演出、体育比赛,几乎天天有活动。小黄干事常常为此忙得团团转。她最开心的是为战友们唱歌,一曲《父老乡亲》方唱完,面对台下震天响的"再来一个、再来一个"的呼声,她于是就一支接一支地唱了下去,仿佛不知道疲惫似的。那次她带着团业余演出队去警卫连慰问演出,一气唱了8首歌,结果回来后嗓子疼了好几天。小黄干事在工作上也常令我们这些男干事刮目。"八一"前,师里举行歌咏比赛,要求每团出50人的方队。主任点将:"这项工作由小黄干事负责,但必须拿到好名次!"别说,小黄干事还真行,带着歌咏比赛方队苦练了半个多月,最后站到了师歌咏比赛第一名的领奖台上,我们主任高兴得把巴掌都拍红了。

小黄干事谈男朋友也很有些传奇色彩。来政治处上班刚满100天的时候,就收到了司令部一名年轻中尉递来的厚厚的求爱信。小黄干事喜滋滋读完,噔噔噔找上门去,对中尉说:"我想找个在边防工作的男朋友,你要能去,我就选你做朋友!"几天后,中尉果真递上申请,去了昆仑山上一个边防连,小黄干事也果真成了他的女朋友。我们对小黄干事的选择有些不解,她莞尔一笑:"在边防部队工作过的男人最坚强,也最懂得爱。我父母就是最好的例证!"我们这才知道,小黄干事的父母都曾经是边防军人。小黄干事和中尉的爱情很执著,书来信往始终没断线。就在今年元旦,成了连长的中尉登上了军区的光荣榜,也当上了新郎官,小黄干事则披起洁白的婚纱当上了中尉的新娘子。

前几天,军区一位首长来师里检查工作。我们全处人马正忙着整理办公室卫生。不想,一辆小汽车飞奔至团办公楼前,把小黄干事接到师里。小黄干事人未回来,一个消息就已经传遍了团机关:那位军区首长是小黄干事的父亲。保卫干事老汤惊得伸长了舌头:"我的个乖乖!"

几天后,小黄干事就调走了,去了昆仑山上一个很艰苦的部队。是她主动要求调走的,她说:夫唱妇随。

这个决定出乎我们的意料,也让我们内心升起深深的敬意。

(原载 2008 年 4 月 22 日《工人时报》)

新兵牛奔

　　勤务连三排新兵牛奔是个不大让人省心的家伙。参军前,他除了玩电脑比较聪快,在其他方面都懒得邪乎,尤其不喜欢干活,一听说干活,不是缩脖子就是皱眉头,常常连洗脚水都要他妈帮着倒。牛奔报名参军时,他爹老牛喜滋滋地想,部队是个出息人的地方,没准能把儿子调教得勤快起来呢。但牛奔的表现却很一般。在新兵连,笤帚、拖把他从没主动碰过一回。下连队后,新战士都铆足了劲,见到活儿就抢着干,而他却外甥打灯笼——照旧。

　　那天,连里组织大伙翻菜地,牛奔报告说肚子疼去厕所,谁知这一去,直到收工也没见他回来。三排长赶紧打发几个战士到处找,最后在阅览室里找到了他。不过他不是在看书,而是把阅览室里那台宝贝电脑给大卸了八块!

　　"奵你个牛奔!"三排长扯开嗓子吼道。这台电脑是驻地共建单位赠送的慰问品,连里没几个人会鼓捣,平时被指导员宝贝似的供在那里,现在给拆了还了得!"赶紧给我装起来!"牛奔嘟囔着:"我开机时听着里面吱吱地响,就打开看了看,没毛病!"最后,尽管电脑恢复了原样,但晚点名时,牛奔的大名还是被连长好好点了一顿。

　　拆电脑事件之后,三排长对牛奔盯得更紧了。每当看到牛奔进了阅览室,他心里就不大踏实,老担心小子再对电脑下手。但牛奔再也没私拆过电脑,偶尔上机也都是规规矩矩的,更多的时候,他则捧着计算机教程学习。就这样到了5月份,国家计算机等级考试开始了,牛奔请假到驻地参加考试,几天后成绩出来,没想到,他捧了个二级证书回来!这下连队一下子炸开了锅,就连三排长也举着证书高兴地咧开了嘴:"你这牛小子,看不出,还真行!"

这天晚饭后,指导员拉着牛奔来到阅览室,指着电脑说:"你知道吗?电脑是劳动人民智慧的结晶,只有勤劳的人才能让它更好地发挥作用!"说到这里,指导员拍着牛奔的肩膀,"这台电脑今后由你保管,我希望你要勤快起来,发挥自己的优势,好好教教大家!"牛奔乐得蹦了起来,拍着胸脯说:"请指导员放心,保证完成任务!"

从这以后,新兵牛奔变成了牛教员。为讲好每周两个晚上的电脑课,他把点滴时间都用在了备课上,为此甚至放弃了雷打不动的午休。牛奔的课虽说讲得一般,可大伙儿都听得很入迷。一堂课讲完,牛奔常常累得满头大汗。

最累的是上实践课。就一台电脑,每个人轮流上机实践,牛奔则站在旁边,手把手地教,不厌其烦地讲,一个动作一个动作地纠正。一连人马轮下来,差不多两个小时过去了,大伙仍感到意犹未尽,牛奔却累得直想趴下。

牛奔的变化令指导员深感欣慰,他趁热打铁找牛奔深谈了一次,给他讲劳动的价值和意义,讲王进喜、时传祥、徐虎等劳动模范的故事,使牛奔认识到,不管做什么事情,辛勤劳动都是最光荣的。渐渐的,牛奔像换了一个人,不仅电脑课讲得越来越有水平,就连队列训练、整理内务等也都进步很快。他还主动要求当上了阅览室的管理员,把书架整理得井井有条,卫生打扫得一尘不染。此后的日子,牛奔的每天都过得忙忙碌碌。一次,他爹老牛来电话,刚聊几句,儿子就喊上了:"老爸没事就挂了吧,我这里正忙着哪!"老牛以为听错了,心想不会吧,小子也知道啥叫忙了?但不管老牛信不信,他儿子牛奔还真忙出了名堂。这年底,勤务连复员的18名老兵都会操作电脑,其中12名回家不久就找上了满意的工作。这组数字是团表彰"两用人才培训先进连队"通报上写的。

也是在这年年底,一年度新兵牛奔被评为优秀士兵。

优秀士兵喜报寄到老牛家那天,老牛捧着喜报比捧着自家公司挣的钱都高兴,还当即放了一挂2000响鞭炮呢。

(原载 2006 年 4 月 18 日《解放军报》)

从"进城"到"上街"

好久不曾提过"进城"这俩字了。原因倒不是我好久没进过城去,而是天天就呆在城市里头——晒着城市上空的太阳,呼着城市里汽车行人的气味,走着城市里宽敞洁净的柏油大道,当然也住着城里人的高楼阔居,食着城里人的一日三餐。我,已然是一个地地道道的城里人了。

其实,城市人的这一切,原本并不属于我们。二十多年前,我们这地方还是个小村,村名叫"红柳泉",村人以种粮蔬为生。真正的城里人把我们这地方称作市郊。

市郊,顾名思义乃城市的郊区。上个世纪八十年代中期,我刚到红柳泉,在小村附近的一座军营里服役。虽说这地方离乌鲁木齐火车南站不过 10 公里路程,但由于是郊区,呈现在我眼前的,都是实实在在的"乡里"模样。

先说说人。我们把这些人称作"菜农"。他们大都穿着暗旧的布衣,脸膛被日光晒得黧黑。农忙时,他们的头上扣着一顶草帽,裤管高高地挽起,脚上趿拉着一双破黄球鞋,鞋子上糊满了泥巴。日复一日,他们从事着单调而繁重的体力劳动,日出而作,日落而息。几公里外的城市生活离他们那么近,就在咫尺,然而却又那么遥远,仿佛是另一个世界的景致。在红柳泉,"小伙进城工作,姑娘进城嫁人",几乎是每个青年男女最理想的人生归宿。

再说说交通。进城的沥青马路只有一条,5 米宽,可供两车交错通行。我初来时,这条唯一的进城通道已经残破不堪。路面的沥青早已斑驳脱落,路上坑坑洼洼,极为难行,要是遇上雨水天,整条路面都铺满了稀泥汤,偶有汽车碾过,泥汤飞溅十几米。那时,20路公共汽车是这条道路的主角,每半小时发一趟,市郊群众进城全靠它。

我至今犹记得第一次进城的艰辛。那天特地起了个大早,与战友匆匆赶到红柳泉站候车。尽管曙色初现,候车进城的人们已经聚集了黑压压的一片。瞧这情形,若不费番努力,恐怕很难登上公共汽车。果然,车到站后,一些健壮的汉子们开始你推我搡,蜂拥而上,脏话、粗话不绝于耳,任售票员哑着嗓子叱喝规劝都无济于事,一直塞到车门难以关闭为止。望着公共汽车像老牛一样喘息着走远了,我们这些未挤上车的人只好眼巴巴地盼着下一趟车。

终于上了车。人们紧紧地挨在一起,连转身都显得极为困难。狭小的空间里,有妇女在高声叫骂,有孩童在难过啼哭,有老人在无奈呻吟……就是怀着这样的心境,我们艰难行进在进城的道路上,喜悦感被折腾得荡然无存。

进了城以后,仿佛被人在后面追撵着,须得抓紧时间办理事务,这样才能赶在每晚9点的末班车发出之前搭上车回市郊,否则就麻烦了。那年冬天,我去一家报社参加业余作者座谈会,会终用罢公宴,火速赶往火车南站坐20路车回红柳泉部队。结果还是晚了几分钟,那辆末班车摇摇晃晃地驶出了我的视线。无奈之下,我只好甩开步子,在零下二十多度的冬夜里急行一个半小时,方赶在熄灯前回到部队。那晚,我贴身的绒衣都被汗水打得透湿……

进趟城不容易!若干的日子里,我们这些身处城市边沿的人们,就这样一次次体验着进城的艰辛,一遍遍品尝着进城的无奈,也一天天幻想着进城条件的改善。

变迁是在悄然中发生的。上世纪九十年代中期，红柳泉的居民于一个春意盎然的早晨醒来后，迎来了一支修路大军。那些日子，这条连接城市与郊区的柏油路上，推土机轰鸣，压路机欢唱，居民们的笑声也在春风里飘扬。

很快，一条十几米宽的希望大道，宛如一条缓缓伸展的丝绸飘带，把红柳泉与城市牢牢地连成了一个整体。

路拓宽了，随之而来的是交通业的迅猛发展。几乎是在一夜之间，这条不足10公里的进城大道上，一下子冒出了几十辆崭新的中巴车。川流不息的中巴车，拉近了城市与郊区的距离。从此，在进城的路上，等车时的心焦、乘车时的拥挤仿佛昨天旧事，写进了市郊群众的记忆里。

事实上，便利的交通条件，为红柳泉地区群众带来的不仅仅是进城的方便，而是思想观念上的深刻变革。我看到，正有越来越多的群众开始脱下沾满泥巴的黄胶鞋，走上了一条崭新的谋生之道，有的成为批发果蔬的商人，有的开张了旅馆饭店，有的当上了商铺店面的老板。在这条进城的大道上，路两边店铺林立，有许多我熟识的面孔在热情地招徕着顾客。马叔便是其中的一个。马叔曾经是红柳泉村的贫困户，他有两个儿子，一家人的生活全仗承包的一亩菜地收入作支撑。过去，我们部队经常派人到马叔家义务劳动。上世纪九十年代末，随着进城道路的拓宽，马叔成为红柳泉村第一批离开黄土地的菜农，在大路边开了一家粮油店，不到三年工夫，一台崭新的客货运输车就开进了家门。在红柳泉，马叔只是郊区菜农致富的一个代表。

又是几年光景过去了。城市的高楼大厦宛如生出了双脚，渐渐逾越了那道横亘在城乡之间的无形界限，把郊区与城市紧紧地连在了一起。从此,郊区变成了繁华城市的一部分。从此,"进城"一词儿从我们这些郊区居民的口中彻底消失了,取而代之的是城里人的常用语:上街。

从"进城"到"上街",叫法的改变,折射出边城乌鲁木齐的巨大变迁。这才不过二十年时间,变化之大,连我们这些亲身见证了变迁的红柳泉居民都咂舌不已。

当然,变化还在继续着。

（原载 2008 年第 3 期《今日新疆》杂志）

故事迷

女儿叶子刚满 5 岁,对听故事非常着迷,只要一听起故事来,饭都忘了吃,甚至连觉都不愿意睡。

我和妻肚子里仅存的几个故事翻来覆去地已经被讲滥了,仍不能令女儿满足,无奈之下,我只好给她订了份《故事大王》。但是,"大王"也难以满足女儿的故事需求,每月一期的新书拿回家不到一个星期,女儿便缠着她妈妈把书上所有的故事都讲完了。女儿之喜欢故事,由此可见一斑。

女儿听故事时喜欢往自己身上联想,我和妻在讲故事时,便经常有意识地给她讲一些做人的道理,以此来教育和引导她。有一段时间,女儿不太注意讲究卫生,于是我便给她讲了一个小脏猪的故事。我有意地讲了小脏猪不讲卫生,经常不洗手就吃饭,有时候还懒得刷牙等细节。女儿听着听着,问我:"爸爸,你说的是不是叶子呀?"见我点头,女儿的小嘴巴马上噘得老高。第二天,女儿表现得非常乖,未等吩咐便主动洗手、刷牙……

当然,这样好的表现一般不会超过一天,等女儿把这个故事忘到脑后时,以前的那些小毛病复又会冒了出来。

现在,女儿学精了,在让我们给她讲故事之前,总要先提要求:"爸爸,你讲小脏猪的时候别把我讲进去了,我可不脏。""妈妈,你讲一个像我一样漂亮的大天鹅的故事吧!"

听她这么一说,我和妻总会忍不住乐。女儿的心中已经有了衡量美与丑的标准,尽管这个标准还是那么的稚嫩,但它毕竟说明了女儿正在一天天地成长。

故事听多了,女儿的小肚子里便也装了不少故事。我经常见她煞有介事地坐在小伙伴中间,绘声绘色地给大家讲故事。女儿讲的故事不仅情节破碎,而且常把猴子身上的事讲到狐狸身上,把西瓜讲成了芝麻,但女儿讲得非常认真,小伙伴们也都听得津津有味。

每每见到女儿给小伙伴们讲故事,我总要放下手中的事,蹲在旁边给她做忠实听众,不论女儿讲得怎样,讲完之后我都要给她鼓鼓掌。我之所以这样做,不仅是表示对女儿的赞赏,更是对她树立自信心的鼓励。

女儿是个小故事迷,我和妻为此感到欣慰。

(原载 2001 年 2 月 7 日《都市消费晨报》)

与女儿一起成长

转眼,13岁的女儿升进初中已经两个多月了。从那个背负着沉重大书包的小小人儿初进小学校门那一天起,我和妻的希冀就压在了她弱小的身上。一天又一天,一年又一年,如今女儿已经长成了身高一米六的小大人儿,六年的小学生活也让她收获了许许多多,她的点滴进步都让我和妻倍感欣慰。值得欣慰的还有,我们和女儿都在一起成长。

记得女儿上一年级的时候,曾被汉语拼音难住了。而拼音对于我,也早已成了遥远的记忆。那时,老师布置家庭作业,都要求家长给孩子听写和签字。为了不辱使命,我也只好当起了小学生,陪着女儿一起从头学习汉语拼音。白天,女儿在课堂上跟着老师学,晚上放学回家,我们借助复读机跟着录音带学。就这样,从读音、声调到声母、韵母等,把汉语拼音从头到尾学了一遍。很快,女儿成了汉语拼音的小行家,不仅拼音考试常得满分,还能借助注音阅读一些少儿读物。而我,也把丢了多年的汉语拼音捡了起来,最直爽的益处是打字,用拼音一分钟能打五六十个字呢。

女儿上二年级时,我们为她报了一个英语培训班,每周双休日上课,风雨无阻。一到双休日,我总会用自行车带着女儿去上课。每天两节课,女儿在教室里学习,我则在教室门外听;回家后,我们共同向录音机学习。每次送女儿去培训班的路上,我们都要采取一问一答的方式,巩固所学的内容。就这样,在女儿参加课余培训的三年多时间里,女儿的英语成绩在培训班的二十多个孩子里始终名列前茅,无论口语还是笔试,经常处在前三名。而我长时间陪着女儿学习,英语基础知识也得到了进一步的巩固。

女儿喜欢画画。征得她同意,我们曾给她报了一个课余美术班。上课时，老师允许家长也坐在教室旁听，我于是也像女儿一样成了一个小学生。我从未学过画画，过去上学时所学的一点美术知识，也早已还给了老师。在课堂上，我们父女俩用心学、认真记，下课回家，女儿做美术老师的家庭作业，我也小试牛刀画两笔。想不到的是，女儿的绘画水平日渐提高，从三年级开始被选上了班级的美术课代表，参加学校绘画比赛还获了奖。而我，也凭着学到的一点绘画技巧，屡屡在单位的黑板报上一展身手。

从女儿能够独立阅读开始，她所看过的书，我和妻也算得上忠实的读者。我们从最初的《安徒生童话》，到少儿文学作家杨红樱的系列作品，从《哈利波特》系列，到80后乃至90后作家的作品，大凡女儿读过的，我们基本上也都看过。一旦有了满意的书，女儿读完之后大都会向我们举荐，而我们发现的好文章，也都要剪贴或复印下来让女儿共享。古人刘向曾说道："书犹药也，善读之可以医愚。"女儿就是在阅读的帮助下，培养了写作兴趣，几年来不仅在报纸的作文版上发表了18篇作文，还曾利用寒暑假写过几篇五六千字的小说习作呢。同时，陪伴女儿一起阅读，还帮助我们做家长的开阔了视野，丰富了业余生活，增长了知识积累，也提高了我们的文字鉴赏能力。

如今，六年时光过去了，女儿和我都有了沉甸甸的收获。那天，女儿所在学校要求家长帮助填写一份小学生毕业表格，我于是打开了女儿的"成长袋"。里面，是女儿取得的各种证书，有三好学生和优秀少先队员证书，有全疆应用题竞赛的一等奖和三等奖、乌鲁木齐市网络作文比赛三等奖以及学校绘画比赛奖、环保知识竞赛等各种荣誉证书，计有20多本，还有女儿发表作文的报纸原件。厚厚的"成长袋"，记录着女儿小学六年来的成长和进步。而我也在女儿上小学的这六年里，用一次二等功、一次三等功为所从事的部队工作，添上了令自己满意的一笔。

陪伴女儿学习，女儿在成长，我们也在进步。

（原载 2008 年 11 月 13 日《工人时报》）

温暖的变迁

这是 1986 年的暮秋。一场冷雨正斜斜飘落。

在逶迤西去的军列上，我紧紧盯着车窗上缓缓滑动的雨珠，心中塞满了说不清道不明的滋味。一方面，我渴望律动着蓬勃青春的绿色军营生活，投身其中是我从小就有的梦想；另一方面，一想到自己将要去向的军营是在"胡天八月即飞雪"的寒冷新疆，我的心头便宛如揣上一只不安分的兔子，跳动的每一点思绪，都围绕寒冷而生。

因为瘦弱的缘故，我打小怕冷。即便是在骄阳似火的盛夏季节，只要一想到那些无边无沿如钢铁般坚硬的寒冷，我身上便会被激起一层细密的鸡皮疙瘩。那天，远赴新疆当兵的入伍通知书送到我家后，母亲顿时抹开了眼泪：孩子，那地场可冷啊！我的泪也冒了出来，真的，我很怕冷……

车轮有节奏地撞击着铁轨。铁轨无限地向前延伸，延伸……我没想到，这一去新疆就是 22 年。更没想到，在冬季时间长达半年的新疆，温暖竟时时伴随在我的左右。

22 年，时令更迭，沧桑巨变，我亲眼见证了边疆军营温暖的变迁，边疆军营也刻录下了我对温暖的切身体验。

火　墙

到新兵连第一件事就是分床位。"你——"新兵班长把我的背包敲在靠墙的一块床板上,"靠着火墙睡。"

我这才留意到宿舍里那温暖气息的来源——在靠近门口处立着一个水桶式铸铁火炉,一节烟囱伸进墙壁里,此刻炉火燃得正旺,半面墙壁都散放着暖烘烘的热气。

那就是火墙了。据班长介绍,火墙是用一块块泥土坯垒成的,其加热和散热原理犹如我老家的土炕,是新疆地区主要的取暖方式。后来成为老兵以后我才知道,靠着火墙睡觉是连队的相当高的待遇,一般都是留给体质较弱的战士。但那一夜,挨着温暖的火墙,我却许久未能成眠。

暮秋的新疆,已然是冬的景致了。厚实的积雪遮盖了戈壁滩的本来面目。气温已经降到零下十几度,窗户上结满了凌乱的霜花,西风呼号,时刻提醒着我寒冷的存在。

此刻,火墙就立在我背后,间隔一米远。那宛如一块已经烧热的铁板,燥热的气息不间断地发散出来,热气穿透我的军棉被,穿透我的贴身的军用衬衣,烘烤着我背部的肌肤。我的汗水汹涌而下,很快打湿了身上的衬衣。

不知过了多久,我沉沉地进入了梦乡。竟然梦到了故乡村口的青石碾——无数个夏日的傍晚,我和伙伴们赤着上身躺在碾盘上玩"烙饼"游戏。碾盘承受了白天的高温暴晒,入夜后依然烫得不行,仿佛是一面巨大的烙饼用的鏊子。我的脊背快支撑不住了……突然,碾盘不见了,我又只身在冬的旷野里游荡,风声呼号,冷气侵骨。这时候我醒了过来。确切地说是被冻醒了。夜深着,室外风声依旧。我悄悄爬起床,用手摸了摸火墙。火墙仿佛被铁匠浸过冷水的铸件,仅有丝微余热残存在那些泥土坯上了。

火炉灭了。晚上熄灯前,班长在火炉里压满了煤。烧到天亮没问题,班长自信地说。但没想到,夜来,外面的风抽得厉害,火炉异常旺,火墙温度空前高,这就是我之所以被烤出一身大汗的原委。后来炉中的煤燃尽了,没有了热源,火墙也渐渐冷却了下来。外面的无边的寒气穿透了砖墙,宿舍里的温度在下降。于是也就有了我在隆冬的旷野里游荡的梦境。火墙啊,没有你,寒夜该多难熬!

我那时没有手表,不知道几点了。反正,班长蹑手蹑脚起床的声音我听得清清楚楚。我们睡的是大通铺,我靠在温暖的火墙边,而班长则睡在最外边。我冷,他更冷。

我猜想班长是被冻醒的,因为他开始轻手轻脚地摸索着在火炉前忙活。但班长没有重新生火炉,大概是嫌那样做动静太大,怕吵醒了我们吧。他用铁锹从别处端来一些炭火倒进了炉膛里,宿舍内顿时充满了橘红的色彩。

火炉又着了。火墙又热了。而我,又进入了梦乡。

来到新疆军营的最初的日子里,我被火墙的温暖紧紧拥裹着,顺利地度过了由百姓而军人的适应期。火墙成了我最亲密的伙伴,每次训练归来,我总要搬着小板凳坐在火墙边读书看报,或伏在膝盖上写信写日记。那散发着土坯味道的温暖,已经深深地融进了我当兵的历史中。

不过,火墙虽暖,却也有让我们难受的时候。那天从训练场回到宿舍,我和战友们不禁被眼前惨状惊呆了:火墙倒塌了,焦黑的泥土坯凌乱地铺了一地,靠近火墙的几张铺位上撒满了炭粉一样的炉灰,我的床铺受灾犹重,白布床单已经成了黑的。班长骂了一句脏话,之后说,我最担心爆墙,还真爆了。我这才知道,由于火墙是用一块块泥土坯立式砌就,墙心为空腔,压力一大就容易爆墙。班长当兵3年了,每年的冬天都会碰到这种倒霉事儿。

没办法,赶紧砌吧。班长一声令下,我们一个班的新兵纷纷行动起来,清坯的,和泥的,忙得不亦乐乎。

火墙复原了。温暖再次蔓延开来。我的白布床单在经过十几盆水漂洗之后也恢复了本来面目。但从此以后,我心底也种下了一块病,生怕那墙在我睡梦中爆了。及至告别新兵连,下到老连队,成了一名老兵,我仍生活在杞人制造的阴影里,不同点在于人家是怕星星掉下来而已。

但不久后,这样的提心吊胆的日子就结束了。

暖 气

1988年初冬,一挂鞭炮在飘着小雪花的空中炸响。与清脆鞭炮声应和的,还有从我们心底飘出来的开心笑声。

这天不是节日。这天却胜似节日。这天,我们告别了火墙取暖的平房,搬进了架着铸铁暖气包的二层楼房。

楼上楼下,电灯电话。从陇西农村入伍的连长高兴地说,把他的,在戈壁滩上住这么好的楼,做梦都不敢想。

令我们最高兴的,还是楼房内的暖气包。那是一种生铁铸制的散热工具,通常三节连成一片,表面上刷着亮闪闪的银粉,看上去既舒适又洁净。此刻,在营区西北角的锅炉房内,一台中型锅炉已经在飞速运转,滚烫的热水宛如一条看不见的游龙在地下管线内不停地循环,那些温热的气息正源源不绝地从暖气包里散发出来。小楼温暖了。

入夜,西西伯利亚的较强冷空气大举登陆,为新疆地区带来了一场较大范围的降雪和降温。那些雪看上去如粉似沙,被西风掣肘着横冲直撞,上哨途中,我不得不用皮大衣裹住脑袋,才不至于被迷了眼睛。天很冷,我感到宛如被投进了巨大的冰窖,皮大衣内侧的细软的羊毛也冰硬似刷。这个鬼天气! 我嘟囔着,实在想不通人家西西伯利亚的伙计们是如何过冬的……两个小时后, 我下哨回到了那栋二层小楼。进门的刹那,我产生了一种错觉,仿佛步入了一个另类的温暖的世界。寒风飞雪不见了,静寂的楼道内,一溜排开的银光亮闪的暖气包热得烫手。我一下子扑到一个暖气包跟前,紧紧倚在上面,感受着细软的热气汩汩地向我身上涌动,那份舒适与惬意,无与伦比。

此后的日子里,我和我的战友在充分享受着暖气赐予的温暖洁净生活的同时,也陆续开发了许多新用途,比如在暖气上晾晒冬衣,比如加热剩饭,比如温热洗漱水……

当然,暖气虽然被我们引为挚友,它却有时并不眷顾我们对它的器重与青睐。这不,它开始罢工了——

1992年的三九寒天,至今仍在我的记忆里附着。那年我当了一天一夜"团长",那滋味至今叫人不敢回想。

照例是西西伯利亚的冷空气作恶,室外气温降到了零下21摄氏度。然而就在这时候,我们赖以取暖的锅炉的炉膛坏了,请来的维修工人说至少需要两天才能修复。

度时如年的滋味,就在这短短的一天时间里被我和战友们品尝到了。零下20多度的严寒季节,白天倒好些,大家在训练场上折腾得汗津津的,谁也不会觉得冷。可是到了夜里则完全是另一幅光景。熄灯号响过之后,宿舍里静下来。我像往常一样除掉棉袄棉裤,一头钻进被窝里。然而,很快就止不住地哆嗦起来,往日暖融融的被窝此刻宛如冰窟,无边的寒冷迅速将我的身子箍住了。同室的其他战友也难过,我听见了黑暗中传来的富有节奏的叩击牙齿的得得声。没法子,我们只好将大衣、棉袄、棉裤等一应能盖的物品统统压在了身上,然后在被窝里极力缩成一团,下巴尽可能抵住膝盖,类似一只被风干的虾米。

别说,这法子还行,被窝里的狭小空间很快被我们的体温"点燃"了,被窝外的寒气又被棉被大衣阻住,在这个小小的空间里,我居然很快睡着了,只是一夜梦魇纠缠不休——在故乡西河的冰面上,我正小心翼翼探行,不料一脚踏进冰窟。醒来时发现,却原来是一只脚不知啥时探出了被窝,被室内的低温给扎扎实实地冻了一把。

早晨起床时,得得得的叩击牙齿的声音再次有节奏地奏响。四川战友阿黄一边哆嗦着穿衣服,一边结结巴巴地说,龟、龟儿子的,这一夜"团长"可把我给憋坏了,好几次醒过来,钻出被窝喘几口气,再缩进被窝睡觉。阿黄的话尚未说完,就劈头盖脸打出了一连串喷嚏,害得与他比邻而卧的我也不由得感到鼻孔眼里痒痒的。我想,要是再当上一夜受罪"团长",我们恐怕都得往卫生队里跑。

多亏了抢修锅炉的工人师傅们,是他们一夜未眠,将温暖重又送给了我们。那天午后,停机近60个小时的锅炉重又欢快地运转起来。置身暖融融的宿舍里,我心里颇生了些感慨,便在当天的日记中写下这样两句话:一夜"团长"让我尝尽苦寒滋味,寒夜无暖叫人倍感度时如年!

空　调

得感谢我所生活的这个时代!她是多么伟大,她让一辈辈人的梦想变成了现实,她把春天永久留在了人间!

这段文字出自我的日记。时间是2003年8月1日。晴。

这个日子之所以让我斧凿雕刻一般牢牢铭记住,除了它是我们军人的生日这个重要因素外,还有一个原因:就在这秋阳灿烂的日子里,我们搬进了装有空调器的新居!

空调器,一个被高科技催生的时代骄子。昔日,我们只闻其名未识其面,想不到今天它却走进了戍守边疆的军人的生活中。为此我专门查了《辞海》。《辞海》的解释如下:空调器,一种空气处理设备。利用冷却、加热、增湿、减湿、过滤等方法,使空气的温度、湿度、洁净度和气流速度等符合一定的要求。可见,空调实在妙不可言。

空调的好处，正随着时间的流逝日益被我们所认识。

先说制暖。遥控器一点，顿时传出轻音乐一般曼妙的蜂鸣声，接着便有温热的气流在室内悄然扩散，渐渐将那些让人感觉不爽的冷湿气流尽数同化。于是房间里变得暖和起来。那是怎样的温暖啊！绵软柔滑，酥痒舒惬，就如同三月的春风拂在脸上，仔细品味，有道不尽的舒坦。

再说送凉。这是空调之明显优于火墙和暖气的具有独特魅力的功能。在三伏天的训练场上摸爬滚打，身上的汗毛孔无限度地暴张，汗水似决堤一般汹涌而下，这时候的我们多想躲进孙悟空那四季皆春的水帘洞里凉快一番。这事儿要搁在过去，那纯粹是痴心妄想，但现在一切皆成了现实，而且令孙悟空也感到羡慕的是，空调营造的舒适环境比老孙那水声噪人、终年潮湿的洞穴可强过百倍！躺在这惬意的环境里，美美地睡个午觉，神仙有这福气吗？

再说说洁净空气。此间的妙处不像制暖和制冷那么立竿见影，当下生效，而是要假以时日予以检验。之所以这么说，是因为我就是一个体验者。还在烧火墙时期，我就患上了一种小毛病：鼻炎。医生检查后告知：空气干燥所致，换个环境就好。果真，回胶东故乡探家，鼻炎不治自愈，然一回到干燥的新疆戈壁军营，又故态复萌。于是乎十多年过去了，吃药打针喷滴，一应招数俱试过，无药可解。想不到，自打住进温湿度适宜的新营房后，晚上睡觉再也不用往地上泼水增湿，如此顽固的毛病竟不治自愈。

2005年夏天，我年届古稀的老母亲从胶东来新疆小住了4个月。我过去探家时，曾无数次向母亲描述过新疆部队的生活条件，但老人家每每以为我言辞不实，都是在宽她的心。新疆那地场可冷啊，母亲一次次重复着我参军离家时的那份担心，天气预报我看得懂。这次，母亲来了，来看看她的儿子生活了二十余年的新疆军营。这次，母亲信了，从她一走进绿树遮阴、花团锦簇的营区，老人家的嘴巴就没合上。进了我们的宿舍，置身于空调营造的春天的环境中，母亲感叹地说，俺看着像个大花园、大宾馆！

我告诉母亲，现在我们这些边疆军人可享福了，就算在高山上的部队里当兵，也冻不着、饿不着、苦不着，住有保暖营房，吃有大棚蔬菜，还能定期吸上氧气呢。

母亲听着我的介绍，连连点头，连连感叹。可得好生工作哪，母亲嘱咐我，做人得厚道，别负了这些好条件！

是的，做人要厚道，做军人更要知道感恩回报。事实上，这些来之不易的生活条件的改善，已经化作了我和我的战友们源源不绝的工作动力。看，在寒冷缺氧的西部边关，在人迹罕至的雪域高原，在飞沙走石的大漠戈壁，到处都有我们戍边守防的身影。日复一日，我和我的战友们用忠诚守卫着万里边关，用激情投身着军事训练，用奉献书写着无悔人生。如今，我也用1枚二等功和3枚三等功证章，为自己22年的从军履历填下了无怨无悔的一笔——这就是我作为军人的回报。我想，母亲亦会感到欣慰的。

从火墙到暖气再到空调，军营里不断改进的取暖方式无不在述说着我们这个伟大时代的巨大变化。其实，边疆军营里的温暖的变迁，不过是这场声势浩大的时代变化的缩影。改革开放30年，变化始终在我们身边发生着。这变化仍会在我们身边继续下去。我们会用边疆军人独有的忠诚去回报党和国家的关怀，用忠诚紧握手中钢枪，用忠诚去守护万里边防安宁，用忠诚去捍卫伟大祖国的和平！

（作于2008年4月18日，入选全军纪念改革开放30周年征文活动，被收入征文作品集《强军之路》丛书第六卷）

故乡的茂腔

茂腔是流传在故乡山东高密一带的地方小戏,它旋律舒缓,唱腔哀婉,凄美无比。家乡作家莫言在其小说中曾把茂腔称为"猫腔",便是对茂腔的唱腔的形象比喻。

茂腔起源于何时,无从查考。总之,自我记事起,茂腔就是我们小村的"看家戏",深得乡亲们喜爱。记得小时候,每个夏日的傍晚,村里的老少爷们吃罢晚饭,便会自发地聚拢到村北唯一的大街上,破旧的锣鼓家什敲打起来,善唱者不论男女纷纷亮相,你方唱罢我登场。整条村街曲乐婉转,茂腔缭绕,直至夜深方绝……若干的日子里,村人们就这么唱着,优美的茂腔声陪伴着他们送往了无数个寂寥的夜晚,迎来了一个又一个崭新的黎明。

我生身的小村子人口虽不过千人,然村人中善唱茂腔者甚多。早些年样板戏流行时,村子里也成立了样板戏小剧团,利用农闲排演样板戏。但乡亲们扮演的李玉和、杨子荣等经典英雄人物,却都是唱着茂腔亮相舞台的。你无法想象,李玉和的唱词被换成唱腔缠绵的茂腔后,加上乡言土语一处理,听上去有多滑稽,即便是在壮怀激烈处亦令台下观众常常忍俊不禁,结果最后被勒令禁演。尽管茂腔版的样板戏最终因高大人物的光辉形象受到折损而被迫停演,但其短暂的存在却进一步推动了茂腔在小村子的普及,以至当时的男女老幼几乎人人都能张口唱几嗓子。

其实,村人喜欢的茂腔剧多以古装戏为主。我记得有出折子戏叫做《罗衫记》的，讲的是明朝永乐年间，一歹人杀害外出赴任官员，强霸其怀胎十月之妻郑月素。后来郑逃出歹人家，途中产下一子，罗衫包裹，血指留书，弃于路边。巧的是，这孩儿被追赶而来的歹人捡到收养。十八年后，闻听有京官赴民间巡查，郑月素含冤告状，哪承想，这青天大老爷正是自己的亲生儿子。做了高官的儿子最终查明沉冤十八年的案情，将养父绳之以法……这出戏的剧情曲折，爱憎分明，加之曲调凄婉，如泣如诉，在小村里知音者颇众。金四爷便是其中的一个，那时他已经六十多岁了，能从头至尾完整地唱出《罗衫记》里每一个人物的每一句戏词。四爷无儿无女，与老伴住在生产队的饲养院里。仲夏，在饲养院的那棵枝头繁茂的古柳下，总会聚集着纳凉的人群。每逢这时，金四爷的兴致便会高涨起来，把烟袋锅儿往鞋底上叩几下，饮罢一碗清水，清唱起了《罗衫记》唱段："家住在直隶涿州郡，凉平县大宋庄上有俺的家门……"四爷的音调苍凉悲切，和着仲夏微微的南风和唧啁的蝉鸣，从人们的心头柔柔地划过……

　　我自小受到茂腔戏的熏染，十几岁时便能够在村街上亮嗓子了。我每每以此为豪，并由此坚定了一个志向，将来长大了报考县茂腔剧团。然而没想到的是，如此受乡村农人喜爱的茂腔戏，有一天却渐渐离村人们远去了。上世纪八十年代中期，随着农村生活水平的提高，电视进入了寻常百姓家，而传统的茂腔戏却渐渐淡出农人生活，以至后来连县茂腔剧团也因连年亏损解散了。从此，村街上的茂腔声渐渐稀寥，那些曾经在农家瓦檐下缭绕缠绵的哀婉唱腔仿佛一夜间都随着风儿飘远了。后来我参军离开了家乡，每次当我在庄稼茵茵的夏日回去探家时，从电灯高照的村街上，再也看不到唱戏的场景了，而一度看到赤膊在牌桌上赌钱的身影，听到的是酒桌上粗俗的叫骂声……

岁月在平淡中流逝，庄户人的日子也在这了无声息的时光转换中发生了巨变。去年夏，当我又一次携妻女踏上探家路途，便深切感受到了这种变化。小村在年复一年的建设中，已经日趋美丽了起来。宽敞洁净的村街上，流动着乡亲们轻捷愉快的脚步。到了晚上，我洗漱停当，正准备早早上床，用睡眠消磨这个长夜。"哥，走哇！"担任村委会主任的弟弟对我说，"咱们到街上听茂腔去。"
我的大脑一激灵，忙不迭地拉上弟弟出了家门。

　　星光灿烂。夜风习习。远远的，一阵悠扬婉转的唱腔从夜空中漫进了我的耳朵里。"……郑月素跪察院珠泪滚滚，尊一声青天的大人细听分明，俺的家住在直隶涿州郡，凉平县大宋庄上有俺的家门……"没错，正是那久违了的有如家乡小米粥一般亲切的茂腔！只听三弟说，改革开放乍开始那几年，乡亲们一门心思忙着发家致富，结果口袋倒是鼓了起来，脑袋却瘪了下去，一到晚上，耍钱的、喝酒的、打架的，时光就这样被打发了。后来，上级号召发展村街文化建设，乡亲们也感到再也不能那样活了，于是村里这几年想了不少办法，月月都要放露天电影，还组织有文艺细胞的村民成立业余小剧团，既演古装的茂腔戏，也编一些具有现代气息的小戏演，如今的村街可热闹着哩。一顿三弟又说，现在咱庄户人吃穿不愁，得活出点质量来了。

　　这时，一阵清脆的锣鼓家什敲打出来的欢快音符在村街上流淌，我仿佛听到了其中蕴涵的农家乐的笑声。

　　　　　　　　　（原载 2007 年 3 月 20 日《人民军队》报，获征文三等奖）

故乡的茂腔　**201**

故乡在身边

1986 年金秋,我怀揣红色的入伍通知书,离开故乡山东高密市,经过 4 天 4 夜的旅途颠簸,来到新疆乌鲁木齐。这是我有生以来第一次出远门,想不到的是,这第一次的远门便把我送到了距家近万里的大西北。

从入伍第一天开始,我就养成了一个习惯,看中国地图。在祖国辽阔的版图上,我的目光无数次停留在"高密"和"乌鲁木齐"两个点上。这是两个曾经和将要与我有着千丝万缕联系的地方,是被我称其为第一和第二故乡的地方,是我的家。它们一个在东部沿海,一个在西北边疆,跨越江苏、河南、陕西、甘肃四省,其间峻岭逶迤,关山万重,戈壁连绵,沙浪起伏,直线距离长达 4000 多公里,仿佛是遥不可及的两个点。每一次看地图,我心里总会涌上这样的感慨:故乡离部队真是太遥远了!

因为遥远,书信便成了我与家乡亲人联系的唯一纽带。然而写信容易盼信难。信寄走后,最焦心的就是等待故乡亲友的回音。那些年,信件有平信和快件之分,尽管快件并不见得快多少,但我还是宁可多花几毛钱邮资,也要寄快件,哪怕快上几个小时也好啊。然而,由于两地相距太远,一封信单程要走十多天,来回差不多要用去一个月时间。有一次,一位同学来乌鲁木齐出差,行前给我写来一封信,让我去接站。然而直到那同学来后第三天,那封信才姗姗来到我手上。我一个劲地怪同学怎么不拍电报来,写信多误事! 同学说,我还以为你一个星期内就能收到,哪想到它走得这么慢!

通信不便,探趟家就更难了。那些年探家,车票非常紧张,需提前一个星期托人预订。好不容易买上票,挤上火车,4天4夜的旅程里,要经过数不清的站台,穿过数不清的山洞,越过数不清的峻岭。当疲惫至极的我在高密站下了火车后,只觉得头昏脑涨,两腿酸软;身子仍旧不停地摇晃,仿佛还坐在轰轰隆隆的火车上,继续不停地向前奔跑⋯⋯

总之,遥远成为一道难以逾越的屏障,把生身故乡与第二故乡阻隔在地图的两端。遥遥近万里,可望不可及。令人欣慰的是,戍边军人的这种远隔千山万壑遥念故乡的日子已经成为过去。随着祖国的发展,交通条件和通讯手段得到了前所未有的改善,拉近了故乡与新疆之间的距离——

从二十世纪九十年代中期开始,电话飞进了寻常百姓家。"楼上楼下,电灯电话。"这曾经是庄户人家梦寐以求的生活,如今变成了现实。几乎一夜之间,我所生身的小村子家家户户都安装了固定电话。母亲也不甘落后,托人从城里买了一部红色电话机,一根细细的电话线成了连接高密和乌鲁木齐两个点的"专线"。从此,与远在故乡的亲朋好友联系变得方便多了,只需按下几个号码,对方的声音便会清晰地回响在耳边,宛如正坐在对面与我促膝交谈。那份真实和亲切,是用书信的形式所体验不到的,以至于从那时起,我再也未曾握笔写过信,到今天连写信的格式都差不多忘记了。

行的变化也非常明显。先是出疆的铁路并轨,由过去几十年一贯制的单轨变成了比翼齐伸的双轨;紧接着列车全面提速,过去老牛一样运行的火车从此变得风驰电掣,原先从乌鲁木齐到高密的4天4夜的旅程,如今缩短了整整一半时间。今天,当你再一次背上迷彩行囊,从祖国西北的乌鲁木齐出发,一路上还是那些峻岭,还是那些山洞,还是那些城市和乡村,但48个小时之后,你就能坐在暖融融的炕头上,吃上香喷喷的家乡饭了!

前段时间探家,我亲身感受了一番"闪电"旅程。临上火车前,我给母亲打了一个电话,告知将要出发的消息。母亲在电话里千叮咛万嘱咐,一定要吃好喝好,一定要注意身体,好几天的路程呢,可千万不能苦着自己。我知道,母亲一定还记着我于1991年年初次探家时的"可怜相",由于列车严重超员,我硬是咬着牙站了大半路程,路上别说睡觉,连吃饭都困难,4天4夜下车时人变得又黄又瘦,仿佛大病了一场。那之后,我又回过两次家,每次都备受煎熬,母亲每次也都要反复叮咛,生怕我路上受了委屈。然而,这一次探家,母亲怎么也没想到,刚刚通完电话,第三天大早,精神抖擞的我就已经站在了她老人家面前。母亲一边抚摸着我的脸,一边有些不相信地反复说:"不是刚打来电话说,要上火车么,怎么就到家了,是不是娘又在做梦啦?"我说:"娘,您不是在做梦,这是真的,从今往后,新疆离咱们家再也不会那么遥远了。"

故乡就在身边。祖国日新月异的发展变化,已经让几辈人梦中的向往变成了现实。从此,在戍边军人的生活里少了许多寂寞和艰苦,漫漫戍边岁月里更添了许多温馨和甜蜜。

(原载 2003 年 1 月 4 日《空军报》)

不为压力折腰

　　最近,笔者与一些基层干部交谈时得知,有不少青年官兵存在着较重的思想压力。这些压力来自于工作、生活的各个方面,如入党考学、转改提干、立功受奖、技术培训以及面临转业退伍找工作等等。如何看待这些压力,如何变压力为动力,笔者觉得有必要与战友们商讨。

　　记得上个世纪六十年代,被誉为"铁人"的石油工人王进喜曾有一句名言:"井无压力不出油,人无压力轻飘飘。"形象地说明了压力的重要性。当时,石油尚在中国的大地下沉睡,西方不少国家扬言,中国人依靠自己的力量打不出石油来。外国人的冷嘲热讽变成了一种巨大的民族压力,王进喜和他的战友们正是在这种压力下,刻苦攻关,硬是凭着自己的双手打出了黑油油的石油,从此结束了中国人打不出石油的历史,一举令世界震惊!

　　在我们身边,像这样把压力变成动力,在本职工作岗位上干出一番成就的例子不胜枚举。我认识一名干部,到机关工作前对计算机一无所知。当时,他所在的部队机关要求每名干部必须通过计算机一级考试,压力面前,他捧起了计算机书籍。业余时间,别人甩扑克、侃大山,他则趴在办公桌上伏案苦读,一遍又一遍上机操练,半年后终于顺利地拿到了国家计算机一级证书。如今,他调机关工作刚满两年,已经成为小有名气的"计算机专家"了。可见,压力是工作的推动力,是成就事业的基础和保证。

四季如歌

然而,也有一些同志视压力为负担,面对压力不是迎头而上,而是想方设法为自己"减压",比如领受任务讲条件,见到困难躲着走,碰到挑战不敢应战等,这些都是向压力"缴械投降"的具体表现。不敢直面压力,无论对工作还是个人成长都有害无益,如果你是一名带兵人,就带不出各方面过硬的部队;如果你是一名机关干部,就干不出一流的业绩;如果你是一名战士,就不会在短暂的服役期内有所作为……总之,人无压力轻飘飘,没有压力的人生就如同一条波澜不兴的死河,是很难释放出异彩的。

压力在我们的生命里程中无时不有,无处不在。这既是挑战,也是机遇。面对各种各样的压力,我们既不能心生抵触,怨天尤人,也不能视而不见,擦身而过,而是应该昂首去面对它,满怀热情地接纳它,信心百倍地去解决它。只有这样,才能把握住降临的机遇,在缓解一个个压力的过程中使自己不断得到锤炼,不断取得新的进步。

当前,人类社会正由产业化向信息化转型,我们军队建设面临的巨大压力也是前所未有的。在这种特殊的历史时刻,任何观望、等待、犹豫、彷徨都是要不得的,我们每一名军人都必须牢牢地把握住这一历史机遇,从现在做起,从自身做起,以时不我待的紧迫感和主人翁姿态积极投身于部队建设与改革的大业中,用我们的双手去缓解我们所面临的压力,去挥写人民军队现代化建设的新篇章!

(原载 2005 年 7 月 2 日《解放军报》)

常回头看看

十年前,在天山脚下一个连队当排长时,一位军校同学来信送我一句话:走过的脚印直不直,常回头看看。

常回头看看,不会遗失从前的自己。有一位将军参军前曾放过牛、种过地,吃过很多苦,参军后他经常回忆起这段生活,提醒自己不要忘记过去的苦和累,珍惜今天的工作机会,脚踏实地走好每一步路。现在,忘记自己过去的大有人在。有的人从艰苦中走来,却在享乐中跌倒;有的人从纯真中走来,却在世故中沉浮;有的人从挫折中走来,却在顺利中消亡。世事变迁,年龄递增,蓦然回首才发现,曾经伴随自己的那些优秀品质已经悄然消失!如果能常回头看看,就不会遗失从前的自己,就不会让那些傲视艰苦、纯真善良、勇斗挫折的品质从自己身上溜走。

常回头看看,不会丢失前进的信心。一个人从不谙世事的幼年到事业有成的今天,其经历便是一部不懈奋斗的大书。的确,唯有奋斗,人生才会不断成熟,脚步才会不断向前,事业才会不断巩固。但是,每一次奋斗都是在汗水的浇灌下完成的,奋斗中浸着痛苦和磨难,有的人往往会在某一次充满艰难的奋斗中退缩。这时候,如果你能回头看看,一次又一次的奋斗经历会给你提醒和启迪,使你的信心倍增。好比爬山,在筋疲力尽之时,回头一望,大半个山峦已被踩在脚下,山顶就在眼前,这时候信心会变成无穷的动力,托举你的脚步不断向前,去拥抱胜利。

　　常回头看看,不会迷失追寻的方向。农人犁地时,为了确保第一犁耕得笔直,须一边吆牛向前,一边不断地回头望望耕过的地,若走偏了及时正过来。人生亦然。有的人从幼年时期就确立了远大理想,但在向理想迈进的过程中,因为步伐上的偏差得不到及时矫正,结果往往是愈偏愈远,最后相去千万里。有个例子,某团一名战士曾立志在军营建功立业,后来偶犯过两次小错误,无人察觉,结果越走越远,最后因为窃密受到法律制裁。之所以会有这个结局,原因就在于他没能像农人犁地一样矫正方向,最终在一个小弯上改变了轨迹。人在前行的过程中,脚步难免走偏,但若能回头看看,及时发现,及时矫正,就不会走上岔路,就能确保追寻的方向不会出现偏差和迷失。

　　人无完人,关键是要保持一颗清醒的头脑,常回望来时的路,常反身自省,只有这样才能走得直、行得正。

　　常回头看看吧!

(原载 2006 年 5 月 25 日《解放军报》)

吟诗仗剑守戈壁

边疆春来迟，
冬寒满征衣。
骄阳悬头上，
未觉暖人意。

这是一首题作《春》的小诗的前四句。小诗作于 20 年前。那时我是一名新兵，军装在身上穿了还不足半年。我所在部队是一座油库，地处广袤的戈壁滩腹地。时令进了三月，故乡已经杨柳飘青、花团锦簇了，而辽阔的戈壁滩上依然残雪覆盖、难觅绿意，一派寒冬景致。

星期天到了，我和战友们飞出营区，扑进戈壁大滩的怀抱，小心翼翼扒开积雪，希冀在那积雪下面发现那些毛茸茸的嫩绿。然而，我们看到的除了暗褐色的砾石，就是光秃秃的冻土，哪有什么绿色！躺在雪地上，沐浴着纯净的太阳光，我的情绪却像阴沉的天空一样低落起来。

细心的指导员觉察到了我的消沉。一天晚饭后，他叫上我出了营门，来到戈壁滩上散步。指导员指着白茫茫的雪原说："你看，这像不像一张白纸？"夕阳下，我看到白茫茫的戈壁滩恰似一张铺开的白纸，似乎正在等待着画笔去渲染。"我当新兵时就在这片戈壁滩上，军校毕业后又回到了这里——"指导员拍了拍我的肩膀，"每个人的面前都有这么一张白纸，对军人来说，该写下的不是畏难和退缩，而是勇敢面对！"娓娓的话语像春风渗进了我的心底，在我迷茫的关头，让我看清了方向，懂得了一个人只有在逆境中奋起，才能带着希望去耕耘，才会在付出后拥有收获！于是，我在《春》这首小诗的后面这样续道：

四顾茫然时，
关山春风起。
拂落心头寒，
置身春季里。

　　转眼到了四月末，戈壁滩的积雪被日晒风蚀消失得无影无踪。入夜，一场春雨悄然而落。戈壁滩的春雨别有一番韵致，既不像南方雨的轻浮缥缈，也没有北国雨的直率露骨，它就像漫天撒落的细碎雨珠，从空中倾斜而下，宛如条条珠线，落地后立刻不见了痕迹，地面上依旧干爽，没有淤泥，没有积水。翌日晨起，天完全晴了，红彤彤的春阳斜挂在寂寥的戈壁上空，经过一夜雨水的催促，绿色已经在沙枣树灰白的枝丫上、在砾石遍布的大滩中露出了小脑袋。这就是戈壁滩的春天！她终于来到了我们身边！我和战友们放飞了自制的风筝，也放飞了自己的心情……

春雨昨夜已相逢，
四月戈壁最不同。
纵然不见花锦绣，
纸鸢抖落笑千重。

　　随着兵龄的递增，我渐渐喜欢上了戈壁滩。是的，它有太多的艰苦，有无尽的寂寞，有严酷的冬雪，有凛冽的风沙。但这未尝不是它的可贵所在，它实际上是铸造勇士的熔炉，是成就梦想的摇篮，是军中男儿展现理想抱负的舞台。诚如营区墙壁上的两句诗所言："守住戈壁滩，无功亦非凡。"正因为一批批官兵扎根戈壁荒滩，用青春和汗水保卫着戈壁的安宁，才有了祖国大花园的春天。
　　正是对戈壁滩的这种认识，让我对那个寂寞的环境产生了深深的眷恋。1996 年夏天,当我结束军校学习,走出上海一所军校的大门时,恍如被一股力量牵引着,婉辞了驻内地城市一个部队的挽留,径直回到了戈壁荒滩。

> 一列冲尘直向西,
> 未置挽留去意疾。
> 不羡内地都城美,
> 此心早许大戈壁。

　　一晃又是十余年过去了。我早已从一名新兵变成了老兵,从士兵成长为干部,从军的履历上多了 3 次三等功记录,业余写作的剪贴本上也收获了 1100 多篇文学创作和新闻报道成果,当年的毛头小伙子变成了一名中年壮汉,当年那张学生脸也被戈壁风沙镀成了沉甸甸的古铜颜色。时间把一切有形的东西都改变了,唯一没变的,是我对军旅生活的满腔挚爱和对西北边陲特有的那份痴迷和执著。我想,无论时光怎么变迁,无论我身在军营内外,我会一如既往地铭记并怀念着戈壁滩,一年、两年、三年……

> 少年曾立凌云志,
> 投身军营建功绩。
> 青春常与西风伴,
> 戍边征尘满军衣。
> 男儿胸怀家国事,
> 吟诗仗剑守戈壁。
> 身家小舍何堪言,
> 唤得春风千万里。

（原载 2007 年 7 月 31 日《工人时报》）

把艺术之根扎下去

前不久,以电视连续剧《刘老根》而声名鹊起的剧作家何庆魁在接受央视记者采访时说,他的户口至今仍放在农村老家,而且他今后也不打算迁走。户口是人的根,何庆魁的根永远都扎在那个小村庄,近年来,他隔三岔五要回到那个小村一趟,亲历乡事,看望乡亲,感悟乡情,给自己的根"浇水",从中获得了用之不竭的创作素材。

何庆魁是土生土长的农民作家,他的作品具有浓郁的东北乡土气息。尤其是随着《刘老根》第一、二部在中央电视台一套黄金时段的热播,他的作品更受到了人们的关注和喜爱,那朴实厚重的创作风格、丰富多彩的生活积累和生动诙谐的乡言俚语,无不令人叹服。其实,何庆魁仅有初中文化程度,到40岁时仍以种地打鱼为生,他的成功固然离不开个人的辛勤努力,但笔者以为,与他对自己所要描写的农村生活非常熟悉或曰非常"内行"是断断分不开的。因此,即使"功成名就",他仍要把"根"留在农村,深植于农民之中。也正因为这样,他才不断有令人称赞的农村题材佳作问世。这是一点也不令人费解的。

令人费解的倒是另有一些文艺工作者,成名之后往往是另一种表现。有的置房买车,深居都市楼群之中,穿梭酒绿灯红之间,以"暴发户"的心态俯视社会,看待人生;有的不愿回首过去,把曾经历的艰苦看做个人的"耻辱",甚至在人前羞于提起,更别说去旧地重游了。是农村户口的自然要迁入城市,是城镇户口的当然要往更大的城市里奔;买了小居室的自然要换成大的,当然还要买汽车和别墅。这都是某些文艺工作者的"私人行为",本无可厚非,但最终受影响的是其艺术的生命。有的人本来创作潜力极大,前途非常令人看好,却因为功成名就后一步踏进了"天堂",从此平平庸庸,碌碌无为;有的人不愿深入生活,不愿去品味和体察百姓疾苦,结果使自己的艺术之根过早"枯萎",从此难以结出令人心动的果实。

艺术来源于生活。文艺工作者只有深入生活,把自己的根牢牢植入百姓当中,与百姓心同跳、脉同搏,与百姓同呼吸、共命运,才能使自己的创作生命常青,也才能创作出深受百姓欢迎、无愧于时代的文艺作品。

愿我们的作家、艺术家们都来学学何庆魁,不要轻易把自己的"根"从人民大众的土壤里拔出来!

（原载 2003 年 9 月 5 日《人民日报》）

捡到的工作

下了岗的人,最大的愿望莫过于重新上岗。这不,下岗的这两个月里,阿三满脑子只转着一个词儿:工作。

越是找不上工作,阿三就越是着急。能不急吗,没有工作就没有钱,没有钱日子就不好办。老婆治病,闺女上学,吃水用电,柴米油盐,哪样都离不了钱。来钱的道儿虽然千万条,但阿三只认准了一条道:找份工作挣钱。

然而,这年头找份工作就像从马路上捡个元宝一样不容易,就算三百六十行行行都需要人,可是想找工作的又岂止他阿三一个人!那天,阿三到人才市场转了转,吓得立马掉头跑了——成千上万人挤在广场上,眼珠子都瞪得像汤圆,恨不得把招工的人吞进肚子里。阿三没文凭,也没技术,四十好几的老爷们一个,谁愿意用他呀。

虽然找工作难,但阿三还得硬着头皮去找。这天,阿三清早出门一气又转到了天黑,敲了十几家门,说了几箩筐好话。最后来到了一家建筑工地上,人家尽管也需要人手,可一看阿三瘦得像根麻秆似的,扔下一句话:"我们要壮劳力,不需要五保户!"硬把阿三给推出了大门。

走在回家的路上,阿三又累又饿,他攥着口袋里仅有的一块钱,最终也没舍得掏出来到路旁买个馍吃。

路灯已经亮起来了。路面昏黄,像老女人没有光泽的脸。阿三想,要是在路上捡个金元宝就好了。正这么寻思着呢,在路口拐弯的时候,阿三真的捡到了一个东西。是个提包,里面鼓鼓的。打开一看,阿三的眼睛花了——包里放着厚厚一沓子钱,怕有一万多哩。前后左右望望,没车七没人。阿三感到浑身哆嗦起来。哇,这么多钱……老婆治病,孩子上学……哇,这么多钱……吃水用电,柴米油盐……哇,这么多钱,这么多钱,这么多钱呀……

阿三搂着提包,喜一阵悲一阵的,在原地足足愣了半个钟头。突然,他像被人攥了脚后跟似的,抱起包没命地蹿起来。终于望见了那个门,阿三没有丝毫犹豫,一头就扎了进去。当警察接过提包时,阿三的脸上露出了笑容。

后来的故事发展得很简单。第二天,一个老板派头的人打听着来到阿三家,就从这一刻起,阿三正式成为一家大商场的仓库保管员。直到今天,阿三还是拎着那串大钥匙,在货物堆积如山的库房里自由出入。听说,跟国家公务员这次长工资差不多同步,老板也给阿三长了工资呢。

(原载 2001 年 11 月 19 日《都市消费晨报》)

粮　食

庄稼结了籽,被收获,被碾打,最后被储进了粮仓里的,便是粮食。

粮食是人的父母,没有了粮食,生命便也就没有了依附,这是一个简单的道理。然而,关于粮食的话题聊起来,却总是那么沉重。

是麦收过后的事,我与三弟通了电话。尽管离开庄稼地将近15年,我的魂梦仍被那些粮食牵着。三弟说,小麦已稳稳地丰收了,家里的囤子比往年又加高了两圈呢。我听了就很高兴。我说丰收了就好哇,家里陈粮,红砖瓦房,有了粮食也就有了财富。三弟未语,只是重重地叹息一声。半晌才道,粮食多了也没用,都稀烂贱。又说,总不能圈在囤里喂虫,贱也得卖。于是我便知道他售出了 4000 斤小麦,收入仅相当于我一个月工资。

挂上三弟的电话,我的胸口一直堵着。粮食是农人的命根子,他们赤肩露怀,披星戴月,汗珠子掉在地上裂成八瓣,可谓辛苦获得的果实,竟然数亩地的收成才抵得上我这个工薪阶层的月收入。粮食的贱实在令人心疼。于是我便理解了他们——在城市的大马路上,成群成群的衣衫暗旧的农民,他们用磨起厚茧的双脚小心地走在城市的高楼下面,目光怯怯地寻找着另一种糊口的门道。他们对我这个依旧是农民装束的城里人说,在城里擦皮鞋,也比种着几亩地收入高。我相信这话。

我曾劝三弟,不行的话就别种粮食了,到城里来找个事干吧。三弟说,粮食是稀烂贱,可总得有人种,咱当农民的唯有种粮食是本分。再说了,粮食也不能就这么贱下去,毕竟是人人都离不了的。三弟说他挺乐观。

我也在心里努力使自己乐观着。

(原载 2000 年 10 月 11 日《乌鲁木齐晚报》)

旱　灾

秋收前,与远在胶东农村的三弟通电话,得知家乡已经两个多月滴雨未落了,齐胸高的苞米秸子多半数已经干枯,剩下的也没有多少指望了。"绝产是肯定的,"三弟说,"辛辛苦苦一年干到头,这下恐怕要白忙活了。"

老实说,我离开家乡十几载,多是在春节时偶尔回趟家,已经久违了庄稼生长时的模样,而对于旱灾,更没有切身感受,唯一的印象便是土地苍白,龟裂重重——这都是摄影书本或电视上教我的。一度,我曾经把那些龟背上特有的纹路视为艺术,心平气和地阅读和赏析。然而此刻,听着三弟的沉重的叙说,眼前反反复复叠现出那些触目惊心的龟裂痕迹,宛如它们就裂在了我的心上。我不知道该如何劝慰三弟,只在心底涌上来无数的叹息。

三弟说,天灾不断,地变得越来越不好种了。夏收前的一场霜冻,使希望的麦穗瘪了,万户人家土地减产,满心指望秋里能够收成,又碰上了几十年不遇的旱灾。

三弟说,这一旱,满坡干得冒烟,嫩生生的庄稼都完了。虽说这年头的粮食都稀烂贱,一千斤麦子卖不上五张大票,但庄户人家天生离不开庄稼,只有地里庄稼绿,仓里才会万担粮,只要有了粮食,农民的心里就踏实。

三弟说,这一旱,农民都慌张了。靠天吃饭,天却难为咱庄稼人。政府虽说想了不少法子,可还是有不少人家撇了地,出去打工,干建筑,最次捡破烂,收入都比种地强得多。挣了钱再回来买粮食,仓里照样塞得满登登,比种地省心,也比种地富庶,只可怜那些地都荒了。

三弟说,农民离不了土地。离开地,心里更慌。但是可恶的天灾却总是跟农民作对。什么时候,种地不用看天的脸色了,咱农民的好日子就算是真正地来了……

搁下三弟的电话,许多日子,我的心口都堵着。农人不易！终生与土地相伴,为着一口温饱、几间砖房,为着养育子女,总之,为着一个质朴得令人感动的目标,含辛茹苦地播种耕耘,在黄土里磨细了腰杆,磨白了双鬓。老天却屡屡无情,将灾害肆意降临,让农人空遗悲伤。

靠天吃饭,中国的农人从来就是这样。但天毕竟是没有生命的物体,它高悬在上,没有感知,也没有规律,甚至连它自己都难以驾驭四季的风暴雷雨。于是,旱灾涝灾风灾雪灾,灾害不断。但它在农人的心中是至高无上的神灵,人们敬仰它,为它焚纸,为它叩头,期望它能庇佑天下苍生,能够风调雨顺,令五谷丰登。然而,天又何堪此重任？所以,它屡屡令农人伤怀,令众生失望！

是的,什么时候,农人不靠天就能五谷丰登了呢？我在盼着,三弟在盼着,普天下的人们都在盼望着。

（作于 2002 年 8 月 5 日,此文未公开发表）

万里边关两日还

就在前天,我还坐在家里的饭桌旁,吃着母亲亲手烙的煎饼卷大葱;而今天,却已在万里之外的边疆军营,吃起了炊事班的战友们做的新疆风味食品——拉条子。

前天和今天,仿佛眨眼的工夫,4600 多公里旅程从我脚下飞速而过! 这一切,都是因为我们拥有了现代化的交通条件。在崇山峻岭里高速穿行的空调列车,缩短了山东与新疆的距离,也拂去了戍边官兵对故乡的思念情愁。

曾几何时,新疆还是遥远、荒冷的代名词,以至于家乡的父老乡亲们每每提起新疆,总要忍不住连连摇头。

记得 1986 年秋,我参军到新疆的消息传开后,左邻右舍的婶子大娘见到我,总是重复同样的话:"孩子,那可是到天边边哟,你这一去……"说着说着,开始撩起衣襟抹泪。母亲更不放心,边抹泪边往我兜里塞钱,嘴里还不停地念叨:"路远着呢,多带点钱,穷家富路哪!"

列车从高密县火车站出发,向着太阳落山的方向一路西行。经过了数不清的站台,穿过了数不清的山洞,越过了数不清的峻岭,在送走了 4 个黑夜之后,才停在了乌鲁木齐的站台上。下了火车,坐在原地等候编队,我只觉得两腿酸软,身子不停地摇晃,仿佛仍旧坐在火车上前行。

后来,每一次探家都仿佛在经历一场煎熬。4 天 4 夜的旅程哪,其间有多少苦楚,多少辛劳!在新疆与内地的万里寂寞旅程上,洒下了戍边人几多汗水,几多无奈……

令人欣慰的是,随着祖国日新月异的发展变化,戍边人的汗水与无奈正渐渐成为过去。上世纪九十年代中期,被列为国家重点工程的兰新铁路复线全线通车。从此,在东去的大漠戈壁上,再也不是长龙独行的局面了,时常会有崭新的客列呼啸而来,两车交汇的鸣笛声不绝于耳。兰新复线的贯通,使新疆与山东的旅程整整缩短了一天一夜。

进入新世纪,喜讯再次传来:列车全面提速。从乌鲁木齐到济南,只需两天两夜。行的变化何其之大,才过去短短几年时间,这条再熟悉不过的旅程等于比当初整整缩短了一半!今天,当你背上迷彩行囊,从祖国西北端的乌鲁木齐出发,一路上还是那些峻岭,还是那些山洞,还是那些站台,但 48 小时后,你就能坐在炕头上吃家乡饭了!

前段时间探家,我亲身感受了一番"闪电"旅程。临上火车前给母亲打电话,告知母亲出发的消息。母亲嘱咐我路上务必吃好喝好,路远,别苦着自己。孰料,第三天大早,精神抖擞的我就已经站在了母亲面前。母亲一边抚摩我的脸,一边不相信地说:"不是刚刚上车吗,怎么就到家了,是不是娘又在做梦?"我说:"娘,您不是在做梦,是真的,新疆离咱们家乡再也不会那么遥远了。"

(原载 2002 年 10 月 22 日《新疆广播电视报》,获该报举办的"变化在身边"征文一等奖)

哇！中了一等奖

　　我始终觉得，男人过了三十岁，也就过了容易狂热的年龄。这不，"新疆风采"福利彩票在去年那个非常吉利的日子（8月8日）开市后，身边很多的年轻后生狂热了起来，有的一次买回厚厚一沓子彩票，晚上趴在电视机前兑到后半夜。我却一直按住腰包未动。逢朋友催问："涨到二百多万了，动手吧？"我说："急啥，不着急。"实际上说不急是假的。钱这种东西总起来说不坏，想想二百多万有可能进了自己家门，谁心里不痒酥酥地冒火！这么想着的时候，我意识到，坏事了，自己没法不狂热了。

　　于是，在彩票发行以来第一个最高值诞生的这天，我也狂热了起来。那天，《新疆都市报》公告第 27 期 267 万元无人投中，预计下期一等奖总金额 346 万元。我想，该出手了，于是当即顶着小雪赶到销售点。嚯！二十多平方米的房子里挤满了彩民，门口外面还排起了长队，半数以上的彩民的年龄看样子皆在我之上。全体彩民的脸上，都荡漾着像我一样的微笑，俨然稳操胜券的样子。见风雪中不时有男男女女急匆匆赶过来，之后牢牢粘在队伍的末尾，使得队伍越排越长，我不敢再犹豫，也迅速粘了过去。

　　漫长的排队的过程中，我脑子里翻来覆去掂量着那些个数字。在不断地确定和不断地排除过程中，我也终于站在了彩票销售员面前，按照事先想定，镇定地在键盘上按下了自己理想的数字。这之后，便是捧着那 5 组数字，宛如捧上一等奖一样，兴高采烈地往家里奔。许是高兴得过了头,竟然挤错了车,直至奔出去3站路才醒过神来。

那晚,我成了电视台最忠实的观众。草草地扒拉了两口饭,我就凑到了电视机跟前。那阵子,荧屏上正大段大段地放广告,盯着那些花花绿绿的男女,我的思绪却跑到了那三百多万上。这真的要弄上了三百多万,该怎么个花法倒是需要计划一下的。怎么花呢?我陷入了沉思……

接下来的事在我的梦中变成了现实,我果真中得了一等大奖,三百多万的票子足足装满了一只旅行箱。我提着那些钱走在乌鲁木齐的大街上,望着装潢气派的高楼大厦,想着不久的将来在这千万间广厦内也将有了自己的一块领地,脚底下不由得轻飘飘起来。突然,邻居阿三的病儿出现了,可怜的孩子自离开娘肚就有了心脏病,做手术得好几万,阿三两口子都愁出了白发,给,这10万先拿着看病去。打发走了阿三的病儿,得大爷又来了,老人家怪可怜,无儿无女无亲无靠,老胳膊老腿的,不是今天病就是明天灾,也给他几万。接下来,顺子来了,四圈也来了,还有甜姑、棒子,还有许许多多依稀熟识的面孔!荷里的钱在锐减,想到自己还得奉养老娘,还得资助兄弟,还得购房子、买电脑,还得自费去出一本散文集子,我着急起来。一急,醒了。看看表,已经到了凌晨三点,电视屏幕上,一个不知道名字的电视剧正上演着,一个女人在电视上嗷嗷哭。

我这才知道,自己已经错过了对号码的机会。但想想方才的美梦,我睡意顿无。那梦中的一等奖竟也是那么令人感奋!我可以用那些钱去做一点好事,去帮助更困顿的朋友和邻人,这是何等快乐的事情。我拿起那张未及对号的彩票,在荧屏的微弱的光线下,用目光依次抚过那些亲切的数字。我想,好梦尚在,明天,说不准那快乐的梦境真的变成现实了呢。

当然,第二天的《新疆都市报》上,一等奖中奖注数里依然是"0注"。但报纸同时告示,下一个一等奖总金额也已滚雪球一样涨了480万元。

诱惑可谓无穷尽。自此,我便真正成为一名"铁杆彩迷"。我的语录便是:只要参与,一等奖就永远与我有缘分。在一趟又一趟往返于彩票销售点的过程中,我觉得希望正在离我一点点靠近。没准,就是在今天,我会——哇,中了一等奖!

(原载 2001 年 1 月 23 日《新疆都市报》,获征文三等奖)

冬

因为洁白,我们感怀隆冬

白菜冻了

　　人勤地不赖。站在地头，望着一棵棵卷得鼓绷绷的大白菜，马连长不由得想起这句农谚来。

　　初夏，马连长刚到连队上任，一眼就相中了营门前的这块地。那时候，这地里还满是石头坷垃，绿油油的草从石缝里钻出来，很旺相。马连长挽起袖子，狠劲抓了一把湿土，黑糊糊的，一看就是有劲的样子。他想要是开出来种菜，准收。说干就干，全连百来号人干进地里，没用多长时间就把地折腾了个遍，撒上了大白菜种子。几天之后种子发了芽，又几天之后长出了叶，三亩多地，齐整整的小苗子，谁看了谁恣得慌。此后的日子，浇水、追肥、松土、除草、捉虫，哪道工序也不敢糊弄，这不，棵棵白菜都长成了气候。白菜啊，全连一个冬天就指望你了。马连长乐滋滋地想，仿佛已经闻到了炒白菜的香气。

　　从菜地转回来，马连长跟指导员商议说，还差十来天就是霜降了，白菜也没啥长头了，是不是趁天好收了，免得下雪。指导员说我也正要找你，营长刚来了电话，说师长要带工作组下来检查农副业生产，咱们的三亩白菜已被团里列为检查的重点，营长让咱们十天后再收菜。马连长说，咱倒不怕他师长来看，看了准得挨表扬，只是，再拖上十天，可别碰上变天。指导员说我也是这么想，可这是上面的指示，又不能不照办。两人嘀咕着，心里都忽喜忽忧的，只盼着十天工夫早点过去。

　　十天时间平平安安过去了。这天大早，马连长和指导员老早就起床准备起来。天已明显地觉出了冷来,清晨的草叶上,敷了淡淡一层白霜。吃过了早饭,等;又吃过了午饭,还是等。直到吃晚饭了,也没见到师长的影子。不过,却等来了营长的电话:师长的检查日程还没排到咱营,我问了团里,团里又问了师里,说师长再过五天到咱营。马连长的嗓门一下子高了起来,要是下雪冻了白菜怎么办,营长?营长显然也没想过这个问题,在电话那头沉吟了好一会儿,才说,我看不大会吧,你看这天不是挺好的嘛。马连长试探着说,冻了可就完了,吃不好吃,存也存不住,要不我们先收了,收了又不影响检查。那头很快打断了他的话,这不行,收了的话,检查效果就差多了。

整个晚上,连部的日光灯都在嗞嗞地响。办公桌的这边坐了马连长,那边坐了指导员。该说的话都说完了,此刻,两人都觉得很累,都不再说话,只是闷着头抽烟。

又提心吊胆地过了五天。老天爷还真够意思,尽管一天比一天冷起来,却没有变脸。马连长和指导员悬着的心这才踏实下来。这天晚上,做好了迎接明天检查的准备工作后,也实在是累了,两人刚钻进各自的被窝就睡着了。

马连长被呼呼的大风惊醒的第一件事便是推开玻璃窗看天。天依旧黑着,数不清的雪花在空中飞舞。这时,一阵彻骨的寒意袭过来,叫马连长一连打了好几个哆嗦。马连长顾不得扣好衣服,拉开门就往外冲,他想去看看那些白菜们。谁料,刚出门,他就被重重地摔在了地上,伸手四下里一摸,地上滑溜溜的全是硬邦邦的冰。完了!马连长只觉得心口一紧,顿时眼冒金星……

师长一行终于来了,由团里的营里的领导们陪着,有二十几人,都裹了严严的大衣,站在菜地边。

三亩多地的大白菜，一颗都不少，只是棵棵白菜的叶子再也没有了往日的光泽，全都皱巴着，泛出灰黑的色彩。师里的一位什么科长下到菜地，用手指捅了两颗白菜，都硬邦邦的，还没解冻。

师长久久无语。有人看到他的脸在扭曲，扭曲，最终，从他的胸腔深处冲出几个字：败家子！

在场的人都清楚地听到了师长的怒吼。只有马连长一人没听见。他正在团卫生队的病床上昏睡，手腕上还插着针头，透明的液体正一滴一滴往他脉管里流着。

（原载 2001 年 8 月 25 日《空军报》）

冬

夜　逃

　　进了那个有些破败的院落，我和信子傻了眼。

　　正是吃午饭时间，黄土飞扬的院子里，几十号赤着上身的汉子蹲在太阳地里，各自抱着一只老瓷碗，哧溜溜喝着碗里的黑乎乎的饭食。几条更粗壮的汉子木橛一样戳在赤背汉子的周周，他们清一色的白褂肥裤，脸上的肌肉紧绷着，叫人看了不由自主地生出畏惧。

　　我们刚进了院门，两条白褂大汉便吱呀一声闩上了大门。紧接着，一个声音说，刚来的那俩，抓紧吃饭，吃完了上工。我问，我们睡哪，铺盖卷放在哪？一只手突然伸过来，粗鲁地扯下我的铺盖卷，扔在了墙角的尘土里。信子嚷嚷起来，我们不是你们招来的工人嘛，怎能这样待我们。便有一只脚嗖地踹过来，把信子踢了个大趔趄。

　　吃饭！又是那个硬邦邦的声音。

　　捧着瓷碗，盛上那些猪食一样的东西，我和信子也蹲在了那些赤背汉子旁边。信子小声道，虎子坏事了，我看这地方不像正经八百的工厂，咱们八成叫人家骗了。

　　其实，从迈进院门的一瞬间，我就意识到了。

　　那天，那个鼻梁上架着眼镜的人在村里说，我们砖窑的条件好得很，保你们吃得好住得好，一月还能挣到五百块钱。那以后，我面前便老是浮现着那五百块钱。这么多的工资，怕是城里的正式工人也拿不上哩，我只要干上小半年，就可以帮家里还清债务，就可以继续坐到教室里复读，就可以真的圆了我的大学梦。信子是不敢奢望去念大学的,他的小学还没念完就当了农民,但信子天天做梦都想着钱,有了钱就能盖房娶老婆。信子说,要是没钱,就不会有女人跟咱,没女人跟,就得打光棍。就这么着,我们两人扛上铺盖卷跟着那个眼镜出了村;就这么着,我们进了这个戒备森严的大院……

晚饭照旧是蹲在院里吃的。那已经是名副其实的晚饭了,大概已经到了小半夜。我的肚子早就被那一车车沉重的砖坯榨尽了最后一点垫饥的食料,连咕咕叫的精神头也没有了,当再一次端起那只瓷碗的时候,只觉得肚子像个正在不断膨胀的鼓,气体积蓄着,膨胀着,竟一丝也泄放不出,最后,那碗猪食一样的东西被我趁黑倒在了地上。

饭后便是睡觉。没人号召,也不用号召,大家木偶似的拥进土房子,倒在地铺上,鼾声很快把房子淹没了。

我没有睡,信子也是。我们不约而同地把目光投向门口,有个白褂站在那里,吹着口哨。不知过了多长时间,信子的头触到了铺盖上,我赶紧咬住他的耳朵说别睡,得瞅机会跑。于是,信子的一对小眼又亮闪闪起来。

夜已经深了,夏虫鸣得更欢,叽叽啾啾的,把夜色叫得更加神秘莫测。这时,白褂推开房门,接着,一注刺目的手电光射进来。确认我们都睡沉了之后,白褂又拉上房门,咔嚓上了锁,睡他的觉去了。然而这时,信子一直绷紧的身子却突然便软了下去,他说,虎子坏事了,门叫人锁了,咱们跑不了了。我说信子别急,咱们爬窗出去。我早就注意上了那个窗子,它离地面有一人高,虽然窗口不大,但只要打开窗户还是能够从那里爬出去的。

我让信子躺在原地,自己摸到窗户下面,伸手试了试,两扇窗死死的,根本打不开。用手仔细触摸,才知道是被钉子锲住了。只有弄出钉子才能打开窗户。我掏出随身携带的小刀,在钉子锲入的木头上用力割起来。第一颗钉子被取出来时,我浑身的汗水宛如瓢泼的一般了。后来信子摸过来,我俩轮流干,终于把第二颗钉子拔出来了。

窗户开了。我望见了漫天的星斗,我也闻到了青草的气息,此刻,它们都显得那么的亲切。我小声说,信子快走。信子说,得捎上铺盖哩。我说,来不及了,咱们别要了。信子说,值好几块呢。我说,你个财迷,这都什么时候了。信子不再要坚持,跟着我从窗户翻了出去。

天微亮,我们坐上了回家的汽车。直到车轮启动,我才泄了气一般瘫在了座位上。三个多小时后,信子搀着我走进了自家的院落,那一刻,我的眼泪突然涌了出来……

这是 1986 年的事情了。那年秋天,我便参了军。直至今天,在遥远的西部军营里,每每望见那些肩着暗旧的铺盖卷儿,脸上写满凄惶迷茫的异乡打工者,我总会想起我的那次打工经历,想起来心里便会湿漉漉的,想哭。

(原载 2002 年 12 月 11 日《新疆日报》)

歌声远去

　　"我是公社小社员,手拿小镰刀呀身背小竹篮,放学以后去劳动,搞好集体拿麦穗,越干越喜欢……"

　　我已经不能准确记得这首儿歌的名字了,但那朗朗上口的歌词连同一段伤心往事,却斧凿雕刻一般牢牢印在我的记忆深处,今天回想起来,仍毻清晰感受到那份远去的痛楚。

　　那年我正上小学四年级。"六一"前夕,公社举行小学文艺比赛,要求每个小学各出两个节目参赛。我荣幸地被老师挑选出来,与五年级一名叫婳的女同学合作表演二重唱《我是公社小社员》。学校对参加这次文艺比赛非常重视,从一个多月前开始,我们几个表演节目的同学就基本不再上课了,天天呆在一间空闲的办公室里排练节目。

　　那些日子,我幼小的心灵始终被一种异常兴奋的情绪激动着。的确,对于一名十二三岁的农家少年来说,能够在全公社小学的舞台上展现自己的才艺,给父母双亲脸上争光,是一件十分了不起的事情。我和婳都非常珍惜这个机会,用心练习,期望能够在比赛中取得好成绩。

　　比赛日期一天天临近,我们的节目也已经练得炉火纯青。我和婳曾在放学路上即兴表演过,收工的社员们争相围观,赞声连片。听着那些赞语,我们心里甜滋滋的。

　　然而,令我想不到的是,在离比赛还有一个星期的时候,我突然被学校取消了表演资格,而由村支书的儿子取代了我。村支书的儿子与我同班,小时候喉部曾经动过手术,嗓音有些沙哑。我弄不明白为什么由他接替我,当即去质问老师。老师说村支书来过学校,人家手里有权,谁敢不听。我当即流下无助的泪水,心里充满了失望和委屈。

比赛那天,全公社上千名小学生来到公社驻地观看比赛。我坐在同学们中间,眼睛一眨不眨地盯着舞台。

终于轮到我们学校的节目了。主持人刚报完幕,我看见娜和村支书的儿子背着小竹篮,手握一把镰刀,兴高采烈地走上舞台。随着熟悉的旋律,表演开始了。娜用甜甜的嗓音唱道:"我是公社小社员来,手拿小镰刀呀身背小竹篮来……"后面由村支书的儿子接唱:"放学以后去劳动……"想不到,他刚唱了一句,台下炸了锅,笑声淹没了支书儿子的歌声。更想不到的是,支书儿子满脸涨得通红,最后竟然两手一抱头,哭着蹿下了舞台。

娜没料到会有这样的结局,孤独地站在舞台上不知所措,最后咧开嘴哭了起来。我坐在人群里,也失望地低下头哭了。从那以后,娜再也未登过舞台,我也是。

这件事情对我打击颇大,对我的性格影响至深。事情过去了二十多年,如今我的女儿已经成为一名小学生。我时常想起这段伤心的往事,同时在心底为孩子们祝愿,但愿我们的子女们再也不会遭遇父辈的伤痛!

(原载 2006 年 5 月 23 日《生活晚报》)

世纪马屁研讨会

时间：20 世纪末年末月末日

地点：《马屁报》社二楼贵宾三厅

主持人：《马屁报》主编　　拍马

与会者：溜沟子协会秘书长　　溜须

　　　　讨好研究会副会长　　奉承

　　　　群众代表　　　　　　捞实惠

议题：20 世纪马屁业之发展成就

（以下内容根据发言整理，未经本人审阅）

拍马：诸位都是咱马屁行当的佼佼者，在拍马屁上不但有独到的理论见解，而且还有丰富的实战经验，工作成绩也是受人瞩目的，从大家今天带来的个人专著里可见一斑。下面，请同志们不吝金言，自由发表高见，会议结束后，由本报组织，还要请各位为马屁爱好者签名售书。

溜须：拍马先生过奖了，谁个不知，您拍主编的马屁知识那才真是无人能及，我的这点小知识还不都是从您的大报上学来的。不过，既然是研讨，我也就不谦虚了。我感到，20 世纪是一个令马屁业飞速发展的时代，其速度虽然不能用光年衡量，起码也比火箭差不了哪里去。

奉承：溜须先生所言甚是。窃以为，20 世纪马屁业发展最大的特点是技术含量高了，过去拍马屁技术差，被拍的人不大好接受，现在我们已经形成了明拍、暗拍、曲线拍等一整套技术,被拍的人可就受用多了。

捞实惠:几位老师真是讲到点子上了。俺作为马屁界最底层的群众,也谈点个人的体会吧。俺觉得,二十世纪马屁业发展最大的收获是由地下拍转为公开拍,过去拍马屁那真叫不容易,明拍怕人说三道四,只能来暗的。现在好了,光天化日或者大庭广众之下,啥时拍都行。

溜须:捞实惠老兄总结的这一条甚好。我看还可以再加上一条,受用马屁的领导干部越来越多了。过去赏识马屁的人不多,现在你看,是人都觉着被人拍是种荣耀。

奉承:几位概括得异常之全面具体,我这里再补充一条吧。我感到,马屁的从业人员越来越多,也当算二十世纪的一条成功经验。捞实惠老兄从基层来,最有发言权。

捞实惠:奉老师说俺有发言权不敢当,不过俺从二十岁踏上社会起就能熟练运用马屁技术,那时,操这个营生的人不多,后来,看俺屡屡因此得到实惠,不少人便也习练起来,如今,俺认识的每个人差不多都会拍马屁了。

拍马:各位见识高,实在高。我且插个话,诸位一定记得去年本报评选的"十大马屁精英"里那个肥佬吧,对对,就是肚皮腆得像口特大号铁锅的那个。他先前可不是这副形象,瘦得只剩一把肋骨,对拍马屁相当不在行,结果他的徒弟都熬成了副处,他呢还是个科员。后来苦钻马屁学两年,噌噌噌地上去了,这不,今年调副局了,人也胖得不成形了,听说前不久剖膛刮出十多公斤脂肪呢。从这个典型的仁兄身上,足可看出二十世纪马屁发展之成就。

奉承:拍主编不愧新闻名家,用事实说话最具有说服力。据我所知,本会 36 个兼职副会长、108 个会员中,遭遇都类似肥佬,靠拍马屁起了家,当然我也是不例外的。

溜须:说到这里,我插个题外话。我会去年召开年度工作会议,有五分之一的会员缺席,这五分之一里面有半数过度肥胖谢世了,另一半还躺在医院里。我提议,就如何保养身体延长寿命,我们下次有必要作一专题研讨,以保存咱马屁界的精英力量,减少马屁界的人才损失。

拍马:诸位都发表了质量非常高的见解,我在这里作个小结吧。总的感到,二十世纪的马屁业发展具有四个巨大成就:一是拍马屁的技术得到质的飞跃,二是拍马屁由地下工作转为公开行动,三是拍马屁的受众数量得到大规模增长,四是马屁从业队伍越来越壮大。可以说,在百废俱兴的二十世纪,马屁业发展有此成就,实在令人欣慰,但是也存在一些问题,如精英分子英年早逝,同志们啊,这可不是个小问题,我们每个人都在面临着这个问题。我决定从明天起,本报面向全行业征集最佳解决方案,而且我建议适当时候,我们还要开这么个会议,进行专题研讨。

【后记】研讨会结束后举行了签名售书活动。拍马的专著是《马屁精英十人谈》、溜须的专著是《马屁是通向辉煌的桥梁》、奉承的专著是《拍马屁 60 忌》、捞实惠的专著是《我的拍马路》。签名售书场面十分火爆。

(原载 2001 年 1 月 15 日《都市消费晨报》)

新型人种出世

> 一鼻子俩眼一张嘴
>
> 饺子状的耳朵两边坠
>
> 两手十指两条腿
>
> 吃喝拉撒睡
>
> 叫喊吟唱吹
>
> 样样会

——这就是人,当然,是现在以前的人。

这种形状的人在世间存活了千万年之久。在这千万年里,这种形状的人都自觉不自觉地以自己的形状作为统一的标准,要碰到谁跟这标准不大一致了,如双人连体、头上生角、手脚多长了几根指(趾)头啦等等,统统被他们视为新闻,在报纸上大呼小叫着捞稿费。也难怪,从人的祖宗那辈上开始,人就有了固定的人形,长偏了只能怪娘肚制造自个的时候没有执行正常的工序。这且不赘言。

单说 21 世纪的某年,一种自然生产的全新的人种问世了。用诗歌化的语言描绘下来便是:

> 一个眼睛两张嘴
>
> 尺把长的耳朵两边坠

四只手四条腿

光会吃喝睡

还有吹

　　可见,与现在以前的人相比,新型人少了一个眼一个鼻子,而多了一张嘴;饺子样的耳朵也不见了,由一尺多长的驴耳朵取代;多了两只手,多了两条腿。人成了这个样子,我想现在以前的人大概都会觉得不大好接受。对不起,如何去接受不在本文论述之列,本文只负责简介新型人种的种种为今人所不具备的优点——

　　独眼睛:优点是看事迷糊。过去长俩眼时,甚事都瞧得清清楚楚,比如同事贪污了公款、贼们掏人家的腰包等等,看了管不了不敢管,搁自个心里反累得慌。俗话说眼不见心不烦,难得糊涂,干脆少长一个眼睛得了。

　　两张嘴:优点是多吃多占。过去用公家的钱吃饭,嘴巴不停地吧嗒,仍是太慢。多生一张嘴就可解决问题。

　　长耳朵:优点是能听方圆八百里。张三进了领导的办公室,会不会告咱不假外出炒股票?听他一下;经理找三陪叫老婆捉了正着,有些什么细节?听他一下。总而言之,只有想不到的事,没有打听不到的事,多风光!

　　四只手:优点是为自家办事效率高。你比如在办公室里织毛衣,可着劲忙活,速度就是上不去,多一双手就会多一倍效率,当然,给公家做事时就犯不着这样了;再比如往自家鼓捣点公物,也能达到事半功倍的效果。

　　四条腿:优点是公款旅游时方便。先前,用公家的钱去旅游,钱可以随便花,两条腿却不争气,没跑几个地儿就累瘫了。多长两条腿,叫它们轮流着歇歇班,你说到哪个地场吧,除了没有梯子爬天上的星星,地球上哪个旮旯水湾咱都敢去,啊,多豪迈!

　　当然,新型人种的优点远不止这些。前面诗歌里描绘的就会吃喝睡还有吹,是新型人种的优点的概括。诸位要是有兴趣想详细了解的话,咱们私下里再说。

　　总之,我们可以想见,新型人种,那是一种叫现在以前的人种多么不敢比拟的人种啊。到哪个时候,新型人就不住在地球上了,而是去了火星或其他什么星球了。

(原载 2001 年 2 月 19 日《都市消费晨报》)

夜半惊魂

"呜……呜……"

刚刚半夜两点，一个女人凄凉的哭泣声就在走廊里响了起来。伴着骇人的哭声，还传来了一阵阵轻微的脚步声，似是在嗦嗦地走动。

我和同事小任几乎同时被这恐怖的声音惊醒了。我们悄悄摸下床，没敢开灯，每人抄起一根木棒，贴在门边仔细听动静。没错，是一个女人凄婉的哭声，而且就在我们这个宿舍门外。我和小任不由得倒吸了一口凉气。

这里是建筑工地的库房，远离热闹的生活区。除了那些没有生命的建筑材料外，只有我们两个大活人，这么晚了，谁家的女人会跑到这里哭呢？

虽说我们都是十八九岁的小伙子，可是在深夜听到如此骇人的女人的哭泣声，我很自然地就想起了白天在工地上，大家一边干活一边讲的那些鬼怪故事，印象最深的是说一个青面獠牙的女鬼常常在半夜里出动，悄无声息地飞来飞去……想到这里，我全身的毛孔顿时竖了起来。

平时号称"贼大胆"的小任似乎比我更紧张，借着投进宿舍的月光，小任正瞪着惊恐的眼睛望着我，同时还听到他牙齿叩击的"得得"声。

"呜……呜……"哭声又在门外断断续续地响起。"刷！"似乎有一只手搭在了木门上，关紧的房门顿时"吱呀"了一声。

"俺的娘哎……"小任倒退了好几步，咧开嘴，差点哭起来。

我比他大一岁，尽管也是怕得不行，但这种时候决不能乱了方寸，于是我低声跟小任说："我喊一二三，你拉灯我开门，咱们一块冲出去。"

小任哆嗦着点了点头。

我们重新靠近门边，小任揪着灯绳，我捏紧了门把手。

"一——二——三——"

灯亮了，门开了……"喵……呜！"刺眼的灯光下，一只通体乌黑的野猫惊叫着落荒而逃，留下一串凄厉的哀嚎声。

原来是只野猫！

小任腾地跳起来，用力把手中的木棒向着猫逃跑的方向扔去。"哈哈……"他张开嘴刚笑了两声，便一下子瘫在地上，呜呜地哭了起来。

我也一屁股坐在地上，心脏依旧狂跳不止。

从那以后，我一直听不得猫叫。即使是十几年后的今天，只要那凄厉的叫声一响起来，我浑身便会起满了鸡皮疙瘩。

（原载 2004 年 4 月 19 日《都市消费晨报》）

遭遇歹徒

老左从地上爬起来的时候,脖子上已经被架了一把明晃晃的尖刀。老左看到了自己的单车,很别扭地躺在路边,一只轮子还在滴溜溜地转着。老左又看到了身旁的持刀人,瞪着铃铛一样的眼,里面透射出凶残的寒光。老左心想,坏事了,撞着贼了。活到四十岁,这般恐怖的事儿,老左只是在电影里见识过,哪承想,今儿叫自个给撞上了。

老左是那种天生胆小的男人。男人胆小了便会活得很窝囊。在单位里,老左向来不大被人瞧得起。一次分香梨,每人两箱,轮到老左时,不知谁多占了一箱,只分给他一箱,老左虽有不快,但没敢言个不字。

歹徒道,要命还是要钱!老左哆嗦得声音都变了调,大……大哥,求求你了,放了我……我吧。歹徒鼻孔里挤出一个哼字,露出明显的轻蔑与不屑。说老实话,决定操这营生之前,歹徒心里也敲着鼓,他是灌了半瓶子老白干才下定决心的。想不到的是,得手竟如此容易。

老左开始往外掏钱。刚发的工资一分不剩地交到了歹徒手里。歹徒仍不满足,又逐个口袋搜,一无所获,便顺手去撸老左的手表。老左木头一样,任歹徒摆弄。一个月的工资啊,那可是下岗的妻子和上中学的女儿的生活费哪,没了这钱,一家人岂不要喝西北风! 老左心里泛上痛来。这时候,歹徒正在摘老左的手表。老左被那痛鼓舞着,不知怎的,开口就变了一个人:他奶奶的,老子今天就豁上了!

　　说着,老左伸手把歹徒的刀打落在地。这下轮到歹徒懵了,等他弄明白怎么回事时,老左的拳头已经直勾勾地捣在了他的鼻梁上。歹徒惨叫着蹲下来,双手捧脸,放声大嚎。

　　第二天,老左斗歹徒的事儿登上了小城的报纸。

　　单位里,尽管还是过去那个老左,但在众人眼里已今昔不同了。同事们见了他老远便喊:左哥! 语调里竟然满是亲切与敬畏。

(原载 2000 年 5 月 8 日《乌鲁木齐晚报》)

刘姥姥进城

俺姓刘,过了这年就满七十八啦,打小没个正经名儿,村上的老少爷们都管俺叫刘姥姥。前些天,俺进了一趟城,今儿个就同各位拉呱拉呱俺进城的事儿吧——

俺吧,有年头没进城了。早先年轻那会儿,跟老头子到城里卖过两回豆腐,打那以后十几年再没去过。上个月,俺那小孙子哭着要那个什么奥特曼,听人说城里大商场卖,俺就坐车进城了。哪知道碰上个鬼司机,俺说是到商场,他偏把俺放在了这个大桥上。你看,城里的大楼密得像俺村头的老槐树林子,叫俺个老婆子咋走呢。

站在桥上,俺望呀望,商场在哪? 还真是找不着东南西北了。别看老婆子俺都七老八十的了,俺不糊涂,俺知道鼻子下面有大路,只要肯张口问,就没有打听不着的道儿。正这么想着哩,俺见前面走着一个小丫头片子,扎着马尾辫,辫子长长地挨着屁股蛋蛋,找她问得了。俺就冲着妣叫姑娘姑娘,人家不应声,俺想兴许是城里人不兴叫姑娘,改叫小姐吧,人家还不吱声。俺便紧跑几步赶上去,扯了扯她的衣袖说姑娘,跟你打听个道。这下她回头了,娘哎,可吓俺个半死!瞧这人长的,下巴上还留着一大把胡子呢,敢情不是个黄花大姑娘,是个男爷们!

俺想,这回问路可得留神了,俺心脏不大好,可别再吓着。正寻思着,打前头又来了两个光头小子,顶多十五六吧。俩小子光头剃得锃亮,太阳照到上面还反光呢。别看俺老婆子眼神不好使,看正面还是能分出公母的,眼前这俩小子尽管生得白净,像对双胞胎,保准是两个裤裆里带把的,不带把的除了尼姑子谁肯剃光溜蛋呢。俺于是就迎上去问,小兄弟打听个道。话没落呢,有个小娃子说话了,老妖婆,你叫谁小兄弟,连本姑娘的身份都看不出来吗?俺那亲娘哎,两个光头原来是两个黄花大闺女!俺的心脏立马开始不对劲了,俺赶紧摸出药片往嘴里塞。

吃完两片药,坐地上歇了小半晌,俺又爬起来去找人问路。俺想,看来真是人老眼花了,这回得先瞅准人,可别再遭吓了。俺站在桥头等啊等,一拨又一拨人从俺身边过去,俺看到不少男人扎辫子留披肩发,也看到不少女人理着小平头,还有不少男男女女都把头发染成狗毛一样的红或黄,反正,这满大街的男人女人都变得叫俺这乡下老婆子分不清男女了。正这么看着的时候,打前头又走来两个人。男的年纪跟俺差不离儿,头发都花白了,精神头挺好,人也胖乎乎的。那女的顶多也就二十出头,打扮花哨得很,敢情是老爷子的闺女。俺说,大兄弟,到商场咋走哇。你别说,问道真得找老的,老爷子当即给俺指起路来。俺想,这回可遇上了热心人,一定得好好感谢感谢人家。咋谢呢,俗话说抬人抬财路,夸人夸儿女,俺夸夸他的俊闺女吧。俺说大兄弟真是好福气,养了这么个俊俏的闺女……话没说完哩,那闺女就张开血红的嘴冲俺嚷了起来,你个瞎眼老太婆胡说些啥咧,他是我老公!

您瞧瞧您瞧瞧,这年头都是怎么了,叫俺老婆子实在弄不懂,赶明儿你就是拿棍子打着俺,俺也不进这城了。

（原载 2001 年 11 月 13 日《都市消费晨报》）

恶霸复活

稍有些年纪的人,恐怕对"恶霸"一词不会陌生。

在那"声声唱不尽穷人苦"的旧社会,恶霸们盘踞一地,作威作福,看谁不顺眼立马拿人家的命来,真是"提起恶霸作的孽,贫农恨得眼流血"。多亏共产党带领不愿做奴隶的人们推翻了旧社会,把地主、老财、恶霸统统扫进了历史的垃圾堆里。"恶霸"一词便像被尘封起来的老古董,逐渐从过上好日子的中国人的记忆里淡去了。

然而,近几年来,恶霸的阴魂却在九百六十万平方公里的大地上找到了"替身"。虽然"霸"的程度较之几十年前有所不及,但其"霸性"却依然令人心寒不已。

不信?请留心时下的报纸,你会时常见到一些披露乡霸、村霸、路霸等各类"霸"们恶行的报道。他们有的霸住一条小路叫过往人车掏"买路钱"来,有的蹲在村里甚事不干成天享受百姓的"孝敬",有的干脆就蹲在老百姓的头上拉屎。百姓不干,便等于捅下了蜂子窝,轻者一顿乱揍,叫你在我的地盘上立身不得;重者索你性命,叫你家破人亡。血淋淋的事实在神州大地已经上演了几多!

或许要问,恶霸焉能逞凶狂,法律何在?君不见,有些"霸"要么握有实权,要么居身官宦之家,要么与有权的有姑姨娘舅等关系。在法律的刀尚未伸过来的时候,权力就是老大,"老子叫你立即消失你敢活到明天!"

庆幸的是,我们的社会毕竟不是南霸天的时代了。尽管这"霸"

那"霸"们叫权迷了眼珠子,竟然张狂得忘却了"作茧者自缚"的古训,但作茧者终会自缚,这是不以茧的意志为转移的,是个连小学生都懂的常识。于是我们便从报上读到这样的报道:某"霸"被处决,某"霸"被判刑,真真是大快咱这些草民小百姓的心。

不过,光除掉"霸"似乎还远远不算胜利。"霸"之外的"背景"们也不能放过。这就好比腐肉里的细菌,清除细菌固然需要,剔除腐肉更为重要。倘没了这烂肉,细菌焉能蹦跶得那么欢畅?所以,对那些为"霸"们当保护伞的掌权者,就算其本人没有为"霸",也要该撤职的撤职,该判刑的判刑,该杀头的杀头,决不能姑息!

(原载 2001 年 3 月 27 日《都市消费晨报》)

寻找脸皮

最叫人惶惶不可终日的,莫过于脸皮丢了。想堂堂男人老爷们,脸上没张皮遮着,还算哪门子男人!

所以,一发现脸皮子寻不见了,老怪的第一个反应便是"俺的娘哎,天塌下来了",接着便是两个眼珠子遭到了速冻处理,盯着墙上的一团黑痰发呆,再接着便是乍尸一般跳将起来,追魂似的撒腿就跑。——他想起来了,早上进家属院旱厕所方便时脸皮还在,瞅见旱厕所里没别人,就把大粪拉在了便池的台子上,当时还说:"谁踩脚上算谁倒霉。"敢情脸皮就是被丢在这个厕所里了。

老怪一气蹿进厕所,嗅着粪尿的混合气体,在厕所里找了个遍,却没有找到自己那张脸皮。怕是没掉在这个地场,老怪心想,自个的脸皮就像牛筋鞋底一样厚实,就算掉进灰堆里也还是一眼就能够发现的。老怪这么琢磨了足足一刻钟,突然又乍尸一般跳起来,撒腿就往厂门口跑。

路上,老怪自言自语道:"绝对没错,一准掉在了厂门口!"早上从厕所出来后,遇上了卖烤红薯的,老怪买了个红薯边走边吃,进厂门的时候,老怪随手将红薯皮扔在了门口正中央。以前干这类事从未被人发现过,今儿早上却真是邪了门,偏偏被传达室的老马头撞着。老马头俩眼瞪得溜圆,嗓门像放炮:"小子,给老子捡起来!"老怪正想开溜,不料衣领被老马头擒住了。偏巧几个女工经过厂门,一见有戏,立马站在那里唧唧喳喳看起来。老怪岂肯在女流面前窝囊,当即施展赖狗脱逃术,一拉一拧就两招,便把个干巴精瘦的老马头硬生生给放倒在水泥地面上。老怪正期待着女流们为他的辉煌战功鼓掌呢,不料却遭到了一顿臭损,一个说:"这人心太黑,连个看门老人都敢摔,谁要给他当媳妇,不用两天就被砸死了!"另一个说:"看他那张脸皮黑乎乎的,肯定不知道啥叫丢人现眼!"老怪只觉得脸上发烧,最后只好抱头鼠窜了……绝对没错,老怪说,脸皮一定是掉在了大门口!

然而,厂门口除了过往行人留下的点点痰迹外,连块薄纸片都没有,哪有什么脸皮!老怪这下真是傻了眼,这么厚实的玩意儿,到底能被丢在哪里了呢?

晚上,老怪用半块纱布裹了脸,敲开了我的门。"作家,你可得帮个忙,给整个寻脸皮启事什么的,要不,叫老弟咋个活法呀!"碍于与老怪熟识,更重要的是看他丢了脸皮后能够惶惶急寻,足见其对丢脸皮之事的重视,丝毫没有"丢了就丢了,没啥了不起"的无所谓心态,我决定帮他弄个启事。但能否起作用,我没有把握,因为脸皮这东西毕竟不像人民币,捡到手实无他用,所以压根不会有人去捡,恐怕早被路人一脚给踢进路边的阴沟里去了。

不过,这话我没对老怪讲,讲了怕他受不了。

(原载 2001 年 7 月 13 日《都市消费晨报》)

买车奇遇

停在楼前的自行车丢了。确切说是被贼撬开锁子骑跑了。那把链式锁躺在地上,似乎是盗车贼对我的示威。

这辆车子虽说已经被我骑了几年,许多地方记载着我修理的痕迹,充其量只能算是一辆破车,但它的丢失还是令我感到了心疼并愤慨。缺德的偷儿,一辆旧自行车对于你,或许只是几包烟的价值,但对于工薪阶层的我,却是谋生路上的坐骑,没了它,我的日子该有多难过!

朋友劝我:"犯不着跟贼生气,还是再买辆吧。"接着,他给我指了个买自行车的去处,"广场西侧就有卖旧车的,但得傍晚去,百八十块钱就能买辆好车子。"

几天后的一个傍晚,我坐上公交车赶到了广场。正是路灯乍亮的时刻,广场西侧马路边停着一长溜旧车,不少买主在车前驻足,讨价还价声不时灌进我的耳朵里。

我走近第一辆自行车,未等发问,卖车的老汉便冲我开了腔:"小伙子,看看这车。跟你说实话吧,我骑了才两年,这不,去年遇了个车祸,腿瘸了,留着车子也没法骑了……要不,我还不舍得卖它呢!"我这才注意到老汉左腋下撑了一根拐杖。说实话,他这辆车子确实新,但价钱太高。我摇了摇头,把目光转向下一辆自行车。

见我要走,老汉小声嘟囔道,到这里买旧自行车可得注意,有些车子来路不正,小心叫公安给逮去。朋友也曾经跟我说起过,在旧自行车市场,真正卖自家车子的人不多,多数都是从别人手里买过来,再转手卖出去。这里面有些自行车可能都曾遭遇过我的车子一样的命运。

听老汉这么一说,我心里真有些怵起来。万一掏钱买了辆赃车,被警察逮了,找谁说理去?俗话说贪小便宜吃大亏,还是干脆拉倒,多掏点钱去商场买辆新车吧。

正这么犹豫的时候,我的眼睛突然被一个熟悉的身影牢牢拽住了。我疾步跑过去一看,没错,前轮颠断了两根辐条,我把它们像拧麻花一样缠在了别的辐条上;车座的固定螺丝滑了,我用电焊把座与车身烧成一个整体。最具特点的是车子的横梁,我嫌它上下车碍脚,让修理铺给改成了斜梁……绝对没错,这正是我丢失的那辆自行车!

我的心咚咚狂跳起来。我对卖主说:"这是我前两天丢的那辆车子,老天有眼让我碰上了,我要推走它!"

卖主一听急了,一把抓住车子,凶巴巴地说:"这是我花了50块钱买来的,不掏出50块钱,你别想推走!"

我说:"那就让110过来处理吧!"说罢,我掏出手机拨号。卖主见状一下子慌了:"好,好,算我倒霉,算我倒霉!"边说边扔下车子跑了,很快就蹿得没了踪影。

(原载 2005 年 10 月 21 日《新疆都市报》)

"二人转"

　　周日傍晚,朋友小张自街上归来,正准备过西北路的地下通道时,突然有个人在他背上轻轻拍了两下。小张回头一看,是个乡下模样的中年妇女,自己并不认识她。

　　"你掉了一包东西,"中年妇女举起手上的一个报纸包冲小张晃了晃,"快打开看看,东西没少吧?"

　　小张扫了一眼那个包着半块砖头一样的报纸包,脱口说道:"你搞错了吧,我没丢东西,这不是我的包……"

　　"咋会呢,"没等小张说完,中年妇女就打断了他的话,"我明明看见从你身上掉的,不是你的是谁的? 先看看里面包的东西——"说着,中年妇女打开纸包一角。

　　小张顿时睁圆了眼。他看见报纸里包着厚厚的一叠人民币,看样子少说也得有两万元! 中年妇女也显得非常意外,看看纸包里的钱,又看看小张的脸,不知所措起来。

　　就在这时,后面传来一个男子焦急的叫喊声:"谁捡到了我的纸包,行行好,请还给我吧!"中年妇女听到这里,脸色刷地变了,赶紧将纸包掖进怀里。一个肥胖的男子来到他们身边,问道:"这位大嫂和小兄弟,您两人有没有看见一个报纸包?"中年妇女慌乱地摇摇头。"要是捡到了请还给我吧,那里面有我救命的两万块钱哪!"

　　中年妇女不高兴地说:"你这人咋了,丢了钱想讹人哪!"肥胖男子连声道歉,又叫喊着向地下通道走去。

望着肥肥的身影消失在地下通道入口,中年妇女忙拉着小张来到路边一个灯箱广告的阴影里。"原来真不是你掉的东西。不过,"她拿出那个纸包,"你已经知道了里头包的啥东西,我不贪财,既然见了面就分你一半吧!"

小张的心激动得狂跳不已。然而,就在妇女准备开包分钱的时候,那个肥胖男子又出现了,并且朝着他们走过来。"坏了,"中年妇女说,"看样子,他已经发现钱被我捡到了,小兄弟,你先拿着钱到国际书城门口等我!"

小张拿上纸包刚要走,中年妇女又拉住了他:"等等,不是我不相信你,你要拿着跑了咋办,你得给我留下个东西当凭据!"小张说:"我身上啥东西都没带,就装了两千块钱。"中年妇女咬了咬牙说:"也行吧,把两千块钱先押到我这里,等我找到你以后再还给你!"

小张把 2000 元钱交给那妇女,抱着纸包向国际书城方向跑去。很远了,他回头一看,那肥胖男子正站在中年妇女跟前,两手指指点点,似乎正在跟中年妇女吵架……

在国际书城门前,小张焦急万分地等待着。两三个小时过去了,始终没见中年妇女露面。小张突然意识到什么,急忙扯开那个纸包,发现厚厚一叠除了最上面一张百元票子外,其他的全是报纸!他这才明白过来,原来自己上了那中年妇女和肥胖男子表演的"二人转"的当。

（原载 2006 年 5 月 25 日《生活晚报》）

观　战

　　老刘是我的小学同学,虽说都 40 多岁的人了,可喜欢凑热闹的心情却丝毫没减。每次外出上街,只要碰上稀罕事儿,总会驻足观望,且每每看得如痴如醉,物我皆忘。

　　这日,老刘正在友好路上走着,突然从他身后传来一阵叫骂声。不用回头看,老刘凭经验很快就判断出是两个男人在对骂。有戏了!他有些高兴地想,倘如是一男一女对骂,多半会不了了之,而两个男人则不然,老爷们的火气冲,十有八九会上演武打戏,这个机会可不能错过了!

　　老刘当即转身小跑着往回赶。就在他刚刚路过的那个小摊前,两个五大三粗的汉子正互相指着鼻子对骂。

　　其中一个是摊主,手上拎着一条裤子,另一个则是买主。老刘何等聪明,一听就明白了事情原委。买主不小心把摊上的裤子给搛到地上,摊主不依了,开始是略带火药味的责怪,可三说两说,两个人就你爹他娘的骂起来。

　　这时,街边站的、路上走的人都聚拢过来,很快把两人圈在了中央。老刘在人墙上寻了个松动的地方,脑袋一缩就钻进了内圈。两个骂架的汉子就站在距他一米处。老刘清晰地看到两个人的眼珠鼓着,脖子上青筋暴露,嘴唇也渐渐变紫,这是气极的表现,是武打戏上演的前奏。

　　果然,还没等老刘默数完十个数,摊主一把将裤子扔地上,老拳呼地甩了出来。买主看样子也不是弱主,没等对方的拳头挨上他,就飞起一脚踹了过去。紧接着,两人便拳来腿往,噼里啪啦打在一处。很快,买主的鼻孔里汩汩地冒出鲜红的血,摊主的眼眶子也鼓起了一个青包。

围观的人群呀呀地感叹着,有滋有味地评论着。

"哟,这一拳结实!"

"嘿,这一脚也够重的!"

老刘对这样的场景见多了,评论起来也很到位。"他脑袋要是一偏,这一拳绝对会落空!""这脚高了,不能踢肚子,危险!"老刘边评论,边对旁边一个小伙子解说着。小伙子似乎并不理会他,因为始终没有回应老刘。

老刘不管小伙子听不听,依旧在评论,他感到只有这样才叫观战。但令老刘遗憾的是,正当他热血沸腾地观战和评论的时候,突然闯进圈里几个人,把两个汉子硬生生地给拉开了。这场武打戏只好就这样画上了一个句号。

老刘有些意犹未尽,伸手从腰上掏手机,欲跟朋友交流观后感。然而,手机套里空空的,哪还有手机呢!

(原载 2006 年 8 月 2 日《新疆都市报》)

让错座位

　　在公交车上，我经常给老弱病残孕让座，只要一见他们上了车，就立马起身，把座位让给更需要坐的他们。

　　今年春节前的一天，我坐上一辆 2 路车去红山。尽管天寒地冻，但马上要过年了，外出买年货的人特别多，2 路大巴上很快就座无虚席了，后上车的乘客只能站在过道里。

　　我坐在靠前门一个座位上，车子每到一站，就盯着上车的乘客看一遍，看看有没有老弱病残孕们。还行，过了五六个站，没发现一个需要我让座的对象。过道上站的基本都是比我年轻的大姑娘小伙子，他们的体力、精力和抗拥挤的能力自然比我这个已奔不惑的人强许多，我于是心安理得地坐在位子上，计划着外出需要办理的事情。

　　这时，大巴停在儿童公园站上。一批乘客拥搡着下了车，空出的几个座位很快就被一些麻利的屁股占据了。

　　我照旧打量着每一个上车的乘客。突然，一个染着黄头发的 20 来岁的孕妇闯进了我的视野。她穿着一件大红的面包服，拉链一直拉到脖跟，胸前的衣服夸张地鼓着，看样子要不了多久就会生了。她小心翼翼地上了车，一只手还在下腹部轻轻托着，似乎怕颠坏了肚子里的小宝宝。

　　我没犹豫，当即站起来让座。在她向我的座位移动的时候，我还伸出手去打算搀她一把。但她似乎不太习惯别人的搀扶，咧开嘴对我笑笑说,不用了,我自己能行!

孕妇刚坐下,大巴颤动着身子又上路了。

我站在孕妇旁边,举起双手牢牢抓住上面的扶杆,默默承受着车厢内的拥挤。我心里很坦然,也很欣慰,甚至为自己的举动暗暗自豪,毕竟我又做了一桩好事哩!

孕妇似乎感到热,把面包服的拉链拉开了,我一看差点晕了过去:一个毛茸茸的狗头从她怀里钻了出来!

我的脸上顿时像被人掴了一巴掌,热辣辣地烧起来。

这时,那女子抱着狗头,在狗嘴上吧唧亲了一口,说道:"好狗狗,来来,伯伯给咱让座位,快谢谢这个伯伯!"说着抓住两条狗腿摆出作揖状,朝着我晃了几下。

我彻底晕了。幸亏车里人多,才没倒下去。

(原载 2007 年 3 月 29 日《都市消费晨报》)

吓了一跳

一次去火车南站送人，见许多人围在站旁树林中间的空地上，正在有滋有味地看着什么。我当即也挤进去看个究竟。原来是卖艺的，一老一少正在表演杂技节目。

那老者不过五十岁上下的样子，少者只是个十三四岁的男孩。男孩的功夫比较了得，只见他两腿站立，上身后仰，然后双手撑地，脑袋自两腿间穿过，整个身子蜷成圆球状，在场地上滚了一圈。孩子的表演博得一阵掌声。接下来，那老者耍了一趟拳脚，出拳击腿，快若流星，呼呼有风，足见功夫也不弱。围观者再次热烈地鼓起掌来。

表演完这些基本动作之后，老者抱拳冲观众道："各位父老乡亲，下面是一个惊险节目，叫刀劈活人。如果哪位心脏不好，建议请您回避！"有观众叫嚷起来，都不相信老者的话，也没人肯回避，大家睁大眼睛拭目以待。

准备工作非常简单。老者让男孩躺在地上，取来一块方木垫到男孩脖子下面。做罢这些，老者从一个木箱里拿出一把菜刀，举着走了一圈。我看见那把菜刀比寻常菜刀大了许多，刀刃部分足有两厘米宽，寒光闪闪，看得出比较锐利。不会用这把菜刀去劈那孩子吧？我心里一哆嗦。

只见老者蹲到男孩身边，右手举刀，左手在男孩脖子上摸了摸，似乎寻找下刀的地方。但他并没急于动手，而是抬眼在人们脸上扫了一圈。我看见老者的眼睛里露出与那把菜刀相同的寒光。观众们顿时鸦雀无声，人们都睁圆眼睛，一眨不眨地盯着老者，不知他接下来会干什么。

老者缓缓扬起了菜刀。我觉得自己的心脏也被一点点提了起来。观众们都张开了嘴巴，脸上显出不安的神色。

老者突然发力地喊了一声："嘿！"那把菜刀仿佛闪电一般落在了男孩的脖子上。菜刀落下的刹那，我赶紧闭上了眼睛，只听到身边观众发出了惊恐的喊叫声。睁开眼睛时，我看见那把菜刀正嵌在男孩脖子上，一些红色的液体汩汩地冒出来，男孩的身子在不停地扭曲、颤抖……

就在人们被眼前场景吓蒙了的时候，老者笑嘻嘻地拿开了菜刀。男孩一个鲤鱼打挺跳起来，捧着一个纸盒开始向观众收钱。我的心脏兀自狂跳不止，往纸箱里放钱时我看了看男孩的脖子，但见他脖子上皮肤光滑，丝毫无损。

我至今也没搞明白老者是如何玩的把戏，或许用了拍电影的道具吧，但这样吓人的节目却是再也不想看了。

（作于 2006 年 9 月 10 日，此文未公开发表）

一念之差

那天,朋友阿家从一家商场门前经过,被一个神秘兮兮的家伙拦住了。"照相机,要不要?"那家伙左右瞅瞅见没人,压低了声音,"佳能的,纯正的日本货!"

阿家对相机没啥研究,但他正有买部相机的打算,于是问道:"照相机呢,我先看看货怎么样再决定!"

那家伙一把拉住阿家的胳膊,将他带到一个墙角,这才拉开上衣的拉链,露出胸前吊着的一部照相机来。

放眼一看,照相机还真不错,很有点专业的味道,阿家留意过,商场里这样的照相机跌不下 3000 元钱。阿家有些动心,但他尽量装着无所谓的样子问:"多少钱?"

那家伙伸出两根指头放在嘴上嘘了一声,然后左右瞧了瞧:"不瞒你说,我这相机是从商场里偷出来的!商场里卖两千多呢,我只收你一半的价,怎么样……"

阿家没接他的话茬,而是说:"我看看相机的功能怎么样。"说着,便伸手从那家伙脖子上摘照相机。那家伙顿时显出一副很紧张的样子,避在墙角向周围张望了一会儿,这才偷偷摸摸地摘下照相机,递到阿家的手里。

阿家举起相机,将镜头对准树上的一只麻雀,调整好焦距,咔嚓按下了快门。照相机里传出一阵沙沙的转动声,听上去很舒服。看来,那家伙说得不假,照相机看上去并没有什么质量问题,十有八九就是他偷出来的，这年头这样的事儿有不少。既然是偷出来，想必他一定急着脱手，我何不把价格往狠里压他一下，少花点钱捡个大便宜呢！这么想着，阿家说："痛快点，你多少钱卖？"

那家伙将相机挂在胸前，重又拉上了拉链。他的前胸顿时鼓胀起来，像是长了一个硕大的瘤子在里面。他盯着阿家的眼睛说："一口价，你要真想买，给1000块钱！"

阿家道："我给你500，想卖就卖，不卖拉倒！"

"500块钱，你连个镜头都买不上！"那家伙瞪大眼睛嘟囔了一阵，提高了声音说，"800块，不能再少了！"

阿家想，800块钱买一部专业相机够划算的了，要不是今日碰上，这样的好事打着灯笼都找不到。想到这里，他点出800元钱递过去，将照相机取过来挂在自己胸前。

那家伙临走前还提醒了阿家一句："你现在最好别露在外面，让别人发现了，跟我可一点关系都没有！"吓得阿家赶紧学着那家伙的样子，把相机也藏进了上衣里。

回到家，阿家买来胶卷，对着周围景致一顿猛照，最后把胶卷送进了照相馆。第二天，当他去取照片的时候不由傻了眼，照片上模模糊糊，看不出照了些什么东西。

阿家赶紧请照相馆的师傅帮他鉴定照相机，师傅一看笑着说，这种玩具照相机50块钱一个，广东那边的玩具店里到处都卖，怎么能照相呢，不是白白糟蹋胶卷嘛！

（原载2006年4月6日《新疆都市报》）

嫦娥图

　　十多年后,我仍忘不了老憨那充满期待的直勾勾的目光,忘不了他失望时的痛楚表情。

　　那时侯,我还在镇上读初中。虽然学习成绩一般,但我却无师自通地学会了画画。而且我最拿手的是画嫦娥图——身着古代仕女装的嫦娥袅袅娜娜立在一朵白云上,右手托着一只花篮,左手轻柔地张开,宛如散花的仙女,真称得上是栩栩如生了。

　　就因为会画嫦娥图,我在小村子里颇赢得了一些名声。周末,每当我从镇上的学校回到家里,总会有大姑娘小媳妇上门讨画。而我,也把为她们画嫦娥图看做莫大的荣幸,总是来者不拒。所以,那时村子里不少人家的墙壁上,都端端正正地贴着我的"大作"。

　　我没想到的是,老憨竟然也找到了我。记得那是秋天的一个周末,我刚走到村口,老憨拦住了我。他依旧穿着那件一年四季不离身的油光光的老棉袄,敞着怀,露出满是灰垢的肚皮,脏得打成结的头发散乱地披着,见了谁都"嘿嘿"地傻笑着。

　　老憨是个孤儿,那年大概有四十岁了,因为生就痴呆,在村里,从来没有人认真理会过他。我自然是不屑与他说话的。见他在前面拦着,我二话不说,扭头就从别的地方走了。

　　老憨却不肯放弃,喘着粗气追上我,两手比划着央求我为他画一张嫦娥图。要是换了别人,我立马会爽快地答应下来,但是给老憨画,我觉得实在是一种耻辱。于是,我没理会仍在比划的老憨,撒开脚丫子又跑。老憨依旧在后面闷着头猛追。见他追得紧,我反而不跑了,在原地站住,凶巴巴地说:"要嫦娥图,你也配吗?"

老憨虽然痴傻,话还是能够听得懂的。我看到他的灰褐色面孔不住地颤动着,眼睛直勾勾地望着脚下,仿佛一个做了错事,正在接受长辈们责叱的孩子。他就那么立着,直到我跑进了村子,回头看时,他仍呆呆地站在那里,像一截已经朽烂的枯木。

第二天,空中飘起了毛毛雨。我出门时,又碰见了老憨。他站在我家门旁的那棵洋槐树下,散乱的头发已经被雨水淋成一绺一绺的了,发梢还滴着污浊的雨珠。未待他开口,我连忙返身进了家门,并拉上了门闩。

第二周如此。第三周又如此。最终,我也没能满足老憨,为他画一张对我来说是轻而易举就能完成的嫦娥图。

秋尽的时候,天冷了,我便住了校,直到放寒假才回到村子。

然而,这时候,老憨已经不在了。他是在入冬第一场雪落下的时候死的。小弟说他去看过热闹,他说老憨死的时候手里还捏着一张小人书上的画儿,那上面画着一个长头发的女人。村里的人们说,老憨一辈子没个媳妇,就把那张画着女人的画儿跟他一起葬了。

我不由得想起了老憨找我讨画的情景。尽管在我们这些所谓正常人的眼里,他是个不正常的人,但在他的心底,也曾像正常人那样渴望拥有一种东西,可惜的是,在他数次央求于我的时候,我却始终没能去满足他,最终让他带着遗憾离开了这个他独自生活了几十年的世界。

接下来的日子里,我感到了深深的痛苦和不安。至于嫦娥图,从那以后就再也不去画了。我觉得我不配画。

(原载 2001 年 7 月 31 日《都市消费晨报》)

砸　蛋

　　荧屏上,"砸蛋"节目正在中央电视台演播大厅里隆重上演。只见那个长着一张马脸的主持人李咏接通了外地的一名电视观众:"你好,砸几号蛋?""我要8号!"咏哥高举榔头,一下砸在8号金蛋上。金蛋当啷一声碎了,顿时,金花四溅,音乐声起,一部DV摄像机呈现出来……

　　哇! 看到这里,我当即给馋得跳了起来。

　　何为不劳而获? 这就是典型的例子。轻轻松松发个短信过去,就能拥有砸出一部DV摄像机的机会,这样的好事打着灯笼都难寻。赶快行动起来,按照屏幕下方的号码发短信给咏哥,没准下一个砸金蛋的人就是咱呢!

　　想到这里,我掏出手机,按要求编辑了一条短信发过去。时间不长,手机里就传来短信回复的悦耳铃声。

　　我赶紧读那短信,只见上面写道:"您好……欢迎参加短信砸蛋游戏,您有7次砸蛋机会,只要积满2000个金币,就会获得价值万元的奖品。赶快行动吧! 每条短信资费1元。"不是参加李咏的砸蛋节目,我有些失望。但转念又一想,只需几块钱,就有望获得万元大奖。还等啥! 我当即选好号码,右手拇指轻按手机发射键就发了出去。

　　短信很快就复回来。我第一次砸出了500个金币! 照这个速度,只需4次便可砸满2000个金币! 我信心大增,连连按动手机按键,将精心选择的号码呼呼呼地发了过去。

第二次砸出 400 个金币,第三次也是 400……形势一片大好,胜利近在眼前,我仿佛已经看到大奖正向我走来。

然而,第四次运气不佳,只砸出了 200 个金币。

第五次更差,砸了 150 个。

还有两次机会!最后这两次机会要好好把握,只要砸出 350 个金币,胜利就会属于咱!

我开始有些紧张起来,手心里直往外冒汗。

经过一番思考,我慎重地选择 18 这个号码。要发!我在心里默念着,大拇指微微颤抖着触向发射按键。

短信回过来了。我连忙打开一看,哈!200 个金币!

只剩一次机会,只差 150 个金币。纵观前面 6 次砸蛋的战绩,要想砸 150 个金币出来似乎并没多大困难。我信心百倍地选中最后一个号码,毫不犹豫地发送了出去。

1 分钟、2 分钟……10 分钟……30 分钟过去了。短信迟迟未见回复。又过了十几分钟后,那短信终于姗姗来了。

我迫不及待地打开短信一看,差点儿气晕——

"您的运气不佳,第七次只砸出 50 个金币!如果您想继续进行第二轮砸蛋,请编辑短信……万元大奖正在向您招手,机会难得,快快行动!每条短信资费 1 元。"

我当即把手机扔进了抽屉里。

（原载 2006 年 9 月 21 日《新疆法制报》）

不惑之惑

　　四十而不惑。眼瞅着,不惑这年的光景又过去了一大半,而登上"不惑"列车的我,疑惑之事仍举不胜举。

　　这是四五月间的事。天已经很暖和了,我从一家大商场门前经过,碰到了一位旧日同事。几年不曾谋面,从同事隆起的肚皮和跨出的小车上看得出,他已然发达了。不过,伴在他身边的却不再是过去那个被我尊为"嫂子"的质朴女人,而是一个装扮入时的年轻姑娘。姑娘染着一头红发,脸上的妆粉浓且厚,猫儿一样偎在同事怀里。见我们两人立定寒暄,她立刻现出不屑与不耐烦,拉起同事的胳膊,娇滴滴地催促:"牸牛哥,快快么!"同事便接了号令般闭住嘴巴,与我拉拉手匆匆作别。很远了,我回头看时,那女人正钩着同事的脖子,同事则揽了她的腰,在身旁众人的复杂的目光下,旁若无人地进了商场。

　　走在路上,我的脚步突然变得沉重起来。我想起了同事曾经的妻子,那是一个跟他伴了二十年风雨的女人,她曾冒雨给他送过伞,曾对着墙上的挂表盼过他的夜归,在冷风呼号的晚上,她曾用身子暖热了他那一半被窝……今日的他,是否还能享上这些温馨呢?我的确不知道。

　　进了七月,天气酷热,我的心再一次遭遇冰封。我少时的玩伴、同窗数载的好友因贪污被判了 8 年徒刑。在我们那班同学里面,他的出色无人能及。那年,我们被大学拒之门外,他一路凯歌走上一条令村中父老羡慕的道路，直到成为一家银行的信贷主任。正可谓前途光明，他却在铜臭中断送了自己。他的老母亲得到这个消息，数日粒米未进，最终憾然辞世。在告诉我这件事的家信里，我年迈的老母亲谆谆告诫：人站着，要走正道，千万莫走偏哪！

许多的日子，我脑子里一直晃着这位少时玩伴的影子。他在城里有家庭有事业有不尽前程，但他为什么要自掘坟墓，并固执地一步步走了进去呢？我百思不得其解。

桌子上的日历被一页一页地揭去，想不通的事在一个又一个地堆积着。正在经历的这个"不惑"年里，我突然觉得自己幼稚起来。真的，令我疑惑的东西太多了。

就在这个秋季开学的前几天，一个幼儿园的小朋友在街上对着他的同伴大喊道："我就是喜欢笔笔，我是她的超级'粉丝'！"我于无意当中听到这句话，顿时坠入了云雾里。笔笔？粉丝？我真想追上那个小男孩，向他请教一下何为"笔笔"，"粉丝"又是什么意思？

但是，孩子跑远了，留下我站在那里冥思苦想。

（原载 2007 年 12 月 11 日《新疆广播电视报》）

父亲和儿子

　　由乌鲁木齐去北京的路上，半道遇到了这对父子。父亲 50 多岁，脸瘦且黑，额上的皱纹杂乱地堆着，像一团理不顺的麻绳。儿子 20 岁的样子，像个学生，一问果然是到北京念大学的。

　　父子俩在一个地级市站台上车时，天刚擦黑。父亲肩上背着两个包，包的提手用绳子捆着，一个在胸前，一个在背后，似乎很沉重，我看见父亲脸上满是汗，正顺着皱纹蜿蜒地流淌。儿子手上拿着票，在对号找座。他们的座位买在了我的对面，一个上铺，一个下铺。儿子找到座位之后，立刻欢快地躺在座铺上。父亲吃力地放下包，解开捆绳，又吃力地将两个包放到货架上。

　　火车缓缓驶出站台。这时天已经黑下来。父亲坐在铺位的一角，用一条灰色的手帕擦脸上的汗。见儿子脚上的鞋子未脱，父亲开始给他解鞋带，帮儿子脱下鞋子。这个过程很短，儿子一动没动。父亲脱完鞋子继续擦汗。

　　渐渐的，父亲脸上的汗被空调车厢里的凉爽给揩干了。父亲觉到了一些冷，于是费力地爬上货架，从包里找衣服。一转身，发现儿子身上未盖东西，先找出儿子的上衣，轻轻搭在他身上，然后胡乱地给自己披了件外衣。

　　父亲拿出一包方便面，在一只搪瓷缸子里泡上，又剥了两颗鸡蛋放进去。方便面的香味很快飘出来。

　　父亲小声地叫儿子。吃点再睡吧，父亲说。儿子不情愿地爬起来，快懒地靠在被褥上。父亲把搪瓷缸子端到儿子跟前，又递去一双木筷。儿子开始吃面。父亲坐在铺上，看着儿子吃。儿子吃了一颗鸡蛋。再吃一个，啊？父亲劝道。儿子又吃了另一颗。

儿子吃饱了，又躺在了铺上。父亲给儿子盖好上衣，端了缸子，坐到过道的简易座位上，开始喝儿子剩下的面汤。父亲把一块干硬的锅盔掰碎，放进汤里。一口，一口，父亲吃得很香。

该睡觉了。父亲小心地拉开被子，为儿子盖好。儿子似乎已经睡着了，传出了磨牙的声音。父亲开始往上铺爬去。他两手撑在中铺上，试图靠臂力攀上去。但试了几次，都没成功。最后父亲只好踩着铺边的梯子，一下一下地向上挪动。每一下都很吃力。

父亲躺在上铺上，不时伸出头看看下铺的儿子。儿子睡得很香，父亲却总也睡不着，每过上几分钟就要伸出头看儿子一眼。或许这整个的夜父亲就是这样过来的。

第二天一早，父亲吃罢用儿子剩下的方便面汤泡的锅盔，开始整理行李。他吃力地取下提包，将吃剩的小半块锅盔掖进去，之后将两个包并在一起，用麻绳绑两个包的提手。儿子刚洗漱回来，把缸子往茶几上一放，对着一个小镜梳理头发。父亲赶紧把缸子拿过来，控净里面的水，费力塞进提包里。

车到站了。乘客拥挤着下车，父亲有些慌张起来，赶紧将两个包提起来，吃力地搭到肩上，仍旧胸前一个，背后一个，随着匆促的人流下了车，匆匆向出站口移动。儿子两手插在裤兜里，紧跟在父亲身后，不住地东张西望。

父亲在前面走着，身子佝曲，每一步都显得很吃力。

（原载 2005 年 10 月 19 日《乌鲁木齐晚报》）

看 客

正是数九寒天的季节,从报上读到了这样一条异地新闻:一男子站在海南省人民医院龙华路门诊部9楼窗台上欲轻生,正当其犹豫之时,楼下围观的男女看客们非但不出言相劝,反而起哄嘲笑,最终激怒了跳楼者,酿成惨祸。

读罢这条新闻,我心里漫上一股悲凉和愤慨,既为跳楼者糟践生命的无知轻率而痛惜,更为那些看客们超乎寻常的"热情"而愤怒!这是怎样的一些看客啊,目睹别人危难,不是伸手救援,而是落井下石,简直世间少有!

本来,这起悲剧是可以在跳楼男子犹豫之时发生转机从而得到避免的,但由于看客们的"鼓励"与"怂恿",惨剧就这样发生了,让看客们遂了心愿,有滋有味地亲眼目睹了一条鲜活生命消亡的整个过程。可以这样说,是看客们用自己的"热情"帮助轻生男子扼杀了生命。我不知道,在此后的若干个黑夜里,这些看客们将会有怎样的表现,会不会长夜难眠,会不会噩梦加身,会不会仍能够吃着酒肉谈笑风生,仍能够恩爱自身及其家人亲友……但我知道,对于做人,他们欠缺着许多,比如良知和道义。

实际上,早在半个多世纪以前,鲁迅先生就曾痛斥过看客的麻木与不仁,为冷漠的国人当头敲打了一记警钟。孰料几十年后,冷漠的顽症不但依旧在一些人的肌体上缠绕,且随着时代的变迁,老病竟然发生了新变异,那就是在冷漠的内核上又罩上了一层"热情"的外衣，这就好比在刀上蘸了毒药，在霜上加了冰雪，其毒其冷，到了无以复加的地步，实在令人齿冷心寒，愧为同类！

人们啊，究竟怎么啦？我们沐着文明盛世的阳光，却不能让温暖洒遍每个角落；我们贵为高等灵类，却在上演着蒙昧无知的怪剧；我们是人，那一撇一捺的支撑，是团结、关爱、不分你我的象征。可是，我们做得怎样呢！

（原载 2007 年 1 月 15 日《新疆法制报》）

祖传秘方

先自我介绍一下：本人姓包名一刀，宋朝那个铁面无私的执法官乃俺先祖。老祖在世之时，曾带领部下扛着铡刀遍游各方衙门，专门开铡医治官员的"睁眼瞎"，一度叫官闻风丧胆。先祖弥留之际，将多年经验整理成专治"睁眼瞎"之秘方，既传男丁，也传女流。这个秘方是俺的镇家之宝，一般秘不示人，今见患者甚多，故拿来一用。

典型病历

患者姓名：村镇官

出生年月：不详

发病原因：某年某月，山西洪洞县有一个村官的家属办了个砖场，为了多挣俩钱儿，就想出一宗无本买卖，从郑州等地的火车站上骗来一些农民工，圈在砖场里当牛马使役，吃喝不管饱，工钱分文无。为防止农民工逃走，砖场豢养了一批打手和狼犬，日夜虎视眈眈，动不动就对农民工拳打脚踢。颇具讽刺意味的是，这个黑砖场在村、镇官员的眼皮子底下办了好几年，村、镇官员的目光经常从砖场上空拂过，想必对那些隔街即能相闻的叱喝声、呻吟声也早已耳熟，但都摆出一副熟视无睹状，似乎真的瞎了眼睛。正是由于他们的"睁眼瞎"，使不法分子更加肆无忌惮，造成了骇人听闻的 21 世纪中国"包身工"冤案。

包一刀注：这个病在此地已形成规模性传染趋势。

病理分析

"睁眼瞎",也就是睁着眼能看事的瞎子。换言之,能看事却不看事的人。通俗点说,长眼跟没长眼一个样。

表现一,成像错误。常常颠倒黑白,混淆是非,假作真来真亦假。比如,明明领导做了错事,却硬说错不在领导;明明看到的是一个丑八怪,却硬说是七仙女下凡;明明是乡长小舅子打了人,却硬说人家揍了乡长小舅子。

表现二,老花散光。常常聚焦不准,模棱两可,像水中观月,又似雾里看花。比如,明明看到了领导挽着情妇进了饭店,却硬说是领导陪着一个重要客户吃饭;明明是侵占了百姓的利益,却硬说为百姓解决了疑难问题。

表现三,假性失明。常常熟视无睹,视而不见,看到了装作没看到。比如,明明看见有人在持刀行凶,却硬是装作压根就没看见;明明看见了黑包工头、黑打手在欺侮农民工,却眨巴眨巴眼睛,毫无表情,更不为所动。

包一刀注:有人得其一疾,也有人兼得全部疾病。

病患危害

"睁眼瞎"患者简直可用"可怖"二字来形容。这些患此疾的各级官员掌上握着国家赋予的权力,食着国家发放的俸禄,却做着与职责要求相悖的勾当。由于他们的不作为,使许多本该及时解决的问题没有解决,使许多本不应该发生的悲剧质变成悲剧,既伤害了人民群众对党的信任,也损害了党和国家的利益,给党的形象抹了黑。

"睁眼瞎"的发病虽表现在个体上,然其具有很强的流行性特征,如不加以控制,有小片区域暴发的可能。因此,对患上该病的官员切不可盲目同情,须彻治之。

包一刀注:同情 + 心疼 = 祸害,小洞不补大洞吃苦!

治疗处方

医治官员的"睁眼瞎",有二方可用：一是发病之初彻察之,施以猛药,药到则病除。就是说在"睁眼瞎"尚未形成气候的时候,有关部门须及早发现,及时治疗,使患病的官员不至瞎眼,使差点患病的官员赶紧打住,俺觉得这个方子比较可行。另外一个方子邪乎了点儿,按照家传秘方,须动用铡刀,一开一合便算完事。俺觉得这有些武夫了点,不适合人性化要求,于是提笔改了改,把瞎了的眼睛一家伙剜掉了事。虽说有点疼,但比用铡刀温和些。

当然,俺这老方子也不是万能的,还得提醒各位官员几句：有什么别有病,洁身自好些,千万别得"睁眼瞎"!

（原载 2007 年 6 月 20 日《新疆法制报》,有改动）

挫折当头

　　报载:4名仅有13岁的小学女生因受到一些男孩欺负,诉至学校未得到有效解决,于是就萌生了轻生念头,手拉手跳进了3米多深的水沟,最终2人死亡。两个花样生命因这样的缘由,以如此草率的方式消逝了,留给我们的思考却异常沉重:现在的孩子,缘何脆弱到这等地步,面对挫折如此不堪一击!

　　在挫折中奋起,在坎坷里前行,历来是我们中华民族齐心礼赞和着力培养的优秀品质。古往今来,多少身处逆境志不移、遭遇坎坷心不灰的光辉典范,为我们树立了标杆和榜样。越王勾践沦为囚徒信念犹坚,卧薪尝胆终成大业;司马迁惨遭宫刑志向不移,发愤耕耘著就《史记》,成为浩瀚中华文明史上的一朵奇葩。即使在今天,在我们身边,从挫折中站立起来成为耀眼风景的也不乏其人,张海迪就是其中的杰出代表。海迪幼年遭遇高压电击,导致身体高位截瘫,但她从来没有想到以死求解脱,而是在常人难以想象的逆境中刻苦努力,终于成为一名卓有建树的残疾女作家。

　　在中国人的心目中,死亡是人生的最大不幸。面对令人恐怖的死亡,纵然是那些钢浇铁铸的硬汉子,恐怕也难以做到眉头不皱,坦然赴死。然而今天,这几个仅有十多岁的女孩子,几个青春才刚刚开始,还在小学校园孜孜求知的花季少女,却把死亡看得如此之随便,因生活中遇到的一点点挫折,就万事皆休,以死相对。是什么支撑了她们的行动,我看答案只有一个,那就是挫折教育的缺失!

看看我们身边的独生子女们吧，他们从呱呱坠地就生存在我们的手掌上，冬来，不愁衣裳御寒；入夏，有长辈高擎遮阳伞；饿了，有可口美食递到嘴边；渴了，各种饮料随意挑选；累了，父母的肩膀就是他们的车船……我们就这样小心翼翼地捧着他们，过了一年又一年，后来孩子长大了，父母仍舍不下那根牵挂的风筝线。就这样，我们用温室般的呵护，培养了一棵外表强壮的弱苗。尤其在困难面前，他们实在弱不禁风，直到将来的某一天，一场霜冻袭来，弱苗不堪一击，留给我们的徒有唏嘘和后悔。

　　我们说，父母爱子女天经地义，但这爱决非毫无原则的娇惯和溺爱。爱之过及，捧在手里怕捏疼，含在嘴里怕化了，什么苦也不舍得让孩子去尝试，不但是为人父母者的失职，也是对孩子的不负责任。人生在世，难免要遇到挫折，应该如何去应对，这一课，决不能让孩子落下！试想，假如那几名小女孩具备了应对挫折和坎坷的心理，尽管暂时没有能力去解决这些困难，我想，她们也断断不会选择死亡的。血的教训太重了，应该引起我们警醒。

　　记得前几年看过一个资料，说的是美国家长们的教子方式，他们不但会鼓励孩子去尝试挫折和磨难，还人为地设置一些障碍，让孩子依靠自己的力量去解决。表面上看起来，美国的孩子们过得很苦很累很可怜，但是长大后独立生活的他们，是绝不会成为那些不堪一击的弱苗！

　　我们应该放手了，让孩子离开我们的手掌，走出我们的温室，去到风雨的天地里历练，使他们在经历挫折的挑战中变得成熟起来，在捶打的磨炼中变得坚强起来！

（原载 2007 年 6 月 6 日《新疆都市报》）

换　铺

　　挤上火车,找好铺位,我照例要打量一下对面的"铺友"。两三天时光,若没个顺眼的邻居,路上多别扭!

　　还行,对面是位男士,瞧年龄与我不相上下,只是装扮比我要入时得多,西装笔挺,洁白的衬衣领口处打着红领结,那红十分耀眼,活像酒吧里的男招待。

　　男士见我瞅他,友好地冲我咧了一下嘴,之后又专注地低下头,翻看起手中的影集。

　　火车在轨道上跑稳后,卧铺厢内的乘客相互之间已经开始交谈起来,整个车厢内嗡嗡作响。

　　"旅游?"我也向对面男士发了问。

　　"不,出国刚回来。"男士说,声音有些高亢。

　　"哪个国家?"我问。

　　男士继续用高亢的声音说了一个名字,我竟然没怎么听说过,一时不知该如何应对下面的话了。

　　倒是我身边的乘客有了兴致,一位装扮依旧入时的女士接上了话:"哇,够远的,啊?"男士脸转向她:"其实也不远,坐飞机一天到。"接下来他们谈起了大约那个国家的话题。一位画着熊猫眼的少女翻看着男士递过去的影集,边看边不住地赞叹:"真没想到,还有这么美的国家呀,你看看那些树那些楼房还有那些人,比咱们国家不知好多少倍。"男士道:"那可没法比,人家那是什么层次,咱是什么层次。"见周围有不少人附和着点头，男士眉飞色舞起来："其实，实地景色比这照片上美多了，你要是去了那儿，绝对不想再回来了。"熊猫眼一把将照片合于胸前，脸上堆起了无限向往的神色。

这时候，火车爬进了河西走廊，铁道两侧的秃山枯岭赫然入目。男士优雅地拢了一把头发，指指窗外，满脸不屑地说："瞧瞧，这些破地方。"熊猫眼说："那你咋回来呢，在那儿定居多好！"男士道："我正在办呢，办好了就走，一天也不想在这里多呆了。这破地方……"

听着这些对话，我突然觉得困乏起来。就在我将要合上眼睛的时候，又望见了红领带结，竟然那么别扭。

我一个激灵站起来，对熊猫眼说：咱俩换铺吧，你睡我这个下铺，我睡你的上铺。之后，我没理会熊猫眼"太好了太好了"的叫喊声，逃也似的爬到了上铺。

然而，躺在上铺，我却怎么也睡不着了。

冬

（原载 2002 年 7 月 4 日《青年快报》）

身份杯

　　孙副局长还不是局长的时候,有那么一阵子,对喝茶毫无兴致。那时候他是车间的工人,每每口渴了,几步蹿到水龙头下面,用喷着"先进生产者"的搪瓷缸子,接满凉飕飕的自来水,往那一站,喝得喉咙里古嘎古嘎响,完事之后抹一把嘴角,很惬意地打出几个响亮的饱嗝。

　　后来,孙进了工厂机关。机关是个有讲究的地方,机关的人比车间工作轻松,也比车间穿得干净,其实,最能体现机关特点之处,是机关里每个人都喝茶。最初,孙端着自己的搪瓷缸子,喝着几元钱一包的茉莉花茶。但他很快就发现,整个机关里,只有他一人用这种茶具。一位同事向他传经说,就如同车间工人穿布鞋一样,机关人怎么能用这种老土的东西喝茶呢。孙极善接纳新鲜事物,几日后,也像同事一样,怀里搂上一个苹果罐头玻璃瓶子。泡上茉莉花茶,喝着那些黄乎乎的热汤,孙感到很惬意。

　　后来,孙荣升了科长。自然,茶具也跟着荣升了。但那时候,科长一类的官员与普通机关干部区别不大,茶杯须得自己掏钱购置。孙在参考了其他同僚之后,也花几元钱买了一只不锈钢茶杯,晚上加班赶材料,孙科长抱着他的不锈钢,在罐头瓶子中间很是有些鹤立鸡群的味道。

　　后来,孙进了更大的机关,坐上了处长的位子。这时候,他已经颇有了些官样,肚皮也日渐丰满了。最晃眼的是他的茶具,那是当时很流行的老板杯,外用高级不锈钢材料制成,内胆可保温,且还带了磁化功能。据说每杯价值在好几百元以上,当然,用不着孙自个儿掏腰包。捧着老板杯的孙处长,在人前显得更有了些处级领导的味道。

再后来,孙攀登上了副局的宝座。上任当天,不待孙副局长指示,善解人意的生活秘书就捧着一只茶杯送进了办公室。那可不是一般的杯子,外壳用亮晶晶的黄色金属制就,能清晰地映出人影,杯子内部构造复杂,据说能生产出数十种人体需要的微量元素。这时候的孙副局长已经很有些官样了,头顶萧条,肚皮饱满,每日坐在宽大的写字台后面,双手抱了杯子,品着精致的"铁观音"或"龙井",悠悠然地享受着毡一个成为局长的日子。

再后来,机关搞行政精简,孙副局长因年龄过杠,退居了二线。从此,孙副局长在机关露面的机会少了。偶尔来机关参加老干会议,人们看到,消瘦的孙副局长又抱起了水果罐头玻璃瓶子,里面盛着黄乎乎的茉莉花茶水。

(原载 2002 年 4 月 26 日《青年快报》)

冬

四季如歌

遭遇非礼

公交车起步时,对面一个男人猝不及防,结结实实地扑过来,撞在了玫的怀里。不待玫发火,那个男人连忙赔不是,但玫还是硬邦邦地甩出那句话:"你有病哪!"

玫骂完后,看清了那个男人的脸。那是一张典型的乡下人的脸,黑里泛红,眼角处还留有淡黄色的眼屎。

玫觉得一阵恶心,忙把脸转向窗外,并极力向后挤了挤,妄图拉大与男人之间的距离。但早班车太拥挤了,玫的努力并未换来多大的效果。男人依旧黑塔一般戳在她的面前,并且随着车体的晃动,男人的暗旧的衣服不时拂到玫的整洁的身上,玫闻到了一股腐臭的汗酸气息。

车体转弯的时候,玫用眼角的余光发现,男人正瞪着眼望她的头发。玫一直自豪拥有一头乌发,此刻,它们油汪汪地盘在玫的头顶,令玫更加秀丽和高贵。玫也一直喜欢那种被别人尤其是异性凝望的感觉,但此刻,在这中年乡下汉子的注视下,她却无论如何也找不到那份感觉了。

玫恨恨地斜了男人一眼。男人却依旧盯着她的头发不放松,黑乎乎的厚嘴唇翕动了一下。玫听清了,男人含混地吐出了三个字:"你头发……"玫鄙视地想:哼,忘了自己姓什么的乡巴佬,你也配欣赏姑奶奶的头发么!

但紧接着,玫看到了令她既害怕又愤怒的一幕——那乡下男人

282

竟然得寸进尺,伸出了又黑又壮的手指,正往玫的秀发上摸去。"臭流氓,非礼啦……"玫的恼怒终于火山一样喷发出来,她一边喊叫,一边抡起胳膊,在男人黑红的脸上印下五个指印。男人似乎未曾料到这一招,整个人像截枯木一样定住了,那只依旧伸出的手上捏了一条花毛毛虫,正在男人粗壮的指间奋力地挣扎着……

"你头发上,虫子……"男人喏喏着。

　　玫突然觉得脸烧起来。碰巧,车到站了,她忙逃也似的下了车。

　　接下来的事,玫无论如何也不曾想到。她在洁净的诊室刚刚坐定,乡下男人成了她接诊的第一个病号。令玫更加没有想到的是,男人真的有病,是肺癌,到了晚期。

(原载 2002 年 7 月 26 日《新疆都市报》)

冬

不吃饭了

公元 2002 年 6 月 4 日中午。下班后,我正像往常一样呆在办公室里加班,任务是对着一份文字材料挤脑汁。突然有一根筋动了动,这才蓦然想起:今天,中国足球队的几个哥们儿在世界杯的舞台上有演出呢! 不行,得赶紧回家瞧直播去!

进了家门,没见到老婆的影子,也没闻到往日惯有的香喷喷的炒菜味道,这令我颇觉诧异。正纳闷呢,忽听里间客厅里传来老婆的惊叫声。连忙跨进客厅一瞧,原来演出已经开始了,老婆正趴在电视机前紧张得拍大腿呢。

"怎么样?"我问。往日进了家门,我第一句话一般是"吃饭吧?"今天彻底把这岔事忘了。老婆说:"两边都没进呢。"我这才一屁股跌进沙发里,盯紧荧屏,不错眼珠地找起几个哥们儿来。郝海东、马明宇、孙继海、李铁、李玮峰……没错,哥儿几个都在草坪上蹦跶着呢。

大约开场半个小时左右,突然,球被一哥们儿拨拉到自己脚底下,一记邪传,被另一哥们儿伸脚接住后,"呼腾"一脚,但见球朝着对方大门飞去。"啊——"我刚张开大嘴准备欢呼胜利,却突然发现球滴溜溜飞出了底线。

老婆说:"不看了,我去做饭吃!"我说:"这都啥节骨眼儿上,哪有时间吃饭? 先看,赢了再吃!"我又补充一句:"赢了炒俩小菜,喝一瓶啤酒,庆贺庆贺。"

这时候,上半场终了。我的肚子也欢叫起来。我一气喝下了一缸子凉白开,心想:肠胃们,委屈着点,先弄点凉水消化着,等哥们儿几个的演出结束后再犒劳你们!

下半场开始,我和老婆连忙打住对上半场的交流,盯紧了电视机。到第 15 分钟上,只见几个哥们儿正在自家门口上蹿下跳,忙得不亦乐乎。突然,"哧溜!"球进了咱的大门。那球像一块大石头,呼腾砸在了我的心口上。又过了 5 分钟,我和老婆的懊悔还没叨叨完呢,没想到,那块大石头又一次砸过来……我彻底倒在了沙发里……

电视荧屏上跳出了广告画面。老婆说:"完了,咱们做饭吃吧。"我说:"肚子一个劲胀饱,不吃了!"老婆说:"球虽输了,饭不能不吃。吃饱了好看下一场!"

看来,也只有如此了。我心里想:拜托了,在韩国的哥几个,下次叫我老柳喝着啤酒吃顿好饭成不成?

(原载 2002 年 6 月 13 日《都市消费晨报》)

冬

少儿图书之忧

日前觅得闲暇,进书店小转。在少儿读物柜台前,见到"畅销"招牌下陈列着几本新书,其中一本书名为《流氓兔》,另一本已经记不清名字了,似是一本恐怖故事的专辑,只清晰地记得封面上有幅插图,非人非怪,异常狰狞恐怖,令几近不惑的我看了都感到不寒而栗。

两本书我都没翻,里边的内容不得而知,但就书所给我的"第一印象"使我足以能够得出这样的结论:不是什么好东西!"流氓兔",瞧瞧这个书名,真猜不透编著者弄这么本东西的用意。而至于那本恐怖读物,大概是嫌现在的少年儿童生活得不够有"刺激",故添加些令人毛骨悚然的佐料罢。别看这些书怪异,对少年儿童的诱惑力却很大,但见柜台前围了十几个十几岁的孩子,都几乎是不加犹豫地在叫买这两本怪书,尽管书价颇为不菲。

总之,不管你承认与否,曾经纯净如水的少儿图书市场,如今真是变得叫人不敢相认了。粗俗、恐怖、绝情已经成为时下一些少儿读物倾力渲染的内容,赤裸裸的性爱描写、血淋淋的暴力镜头无处不在,难以公开示人的口袋书、袖珍本无孔不入。在"繁荣少儿图书市场"的宽松外衣下,一些缺少水准、低劣粗俗的读物正堂而皇之地登堂入室,占据了少儿书市的一爿角落。除那些当打入"少儿不宜"冷宫内的书刊外,还有一些毫无思想性和艺术价值的读物也都煞有介事地陈列在少儿书架上,这里面有的是几岁孩子的"大作",有的则出自成人的低劣之手，全都装帧豪华，印刷精致，令孩子们眼花缭乱，难以选择。

少儿图书走到这个份儿上，是出版业开始堕落的标志之一。一些出版单位受"利"字驱使，忘记了传播文明知识的大任，一味追求"畅销"，不惜粗制滥造，为平庸低劣之作大开绿灯。某些作者忽略少儿的生长特性，煞费苦心追求"新奇特"，违背现实，任意编造。以上两者互唱互和，便促成了今日少儿书市杂毛相陈、良莠共存的"繁荣"局面。但在这畸形"繁荣"的背后，却让我们看到了黑森森的陷阱，正欲吞噬一颗颗纯真透明的心灵。

孩子懵懂涉世，满眼新奇，他们敬仰图书，也热爱读书。尤其是当今的少年儿童多为独生子女，娇生惯养，毫无涉世为人的经验，而父母者双双忙于生计，难有闲暇教养子女，图书便成为他们的密切伙伴。他们通过读书增长知识，通过读书丰厚阅历，通过读书成人成才。而少儿图书的粗俗化，无疑已经成为少年儿童健康成长的绊脚石。

净化少儿图书市场，刻不容缓！

（原载 2002 年 11 月 27 日《光明日报》）

老 W 的 幸 福 生 活

　　老 W 孑然一身来到这座城市的时候,这座城市还像他身上那件破上衣一样灰漆漆的毫无生气。老 W 在市郊的一个桥洞里觅好栖身之地,然后便背上一条破麻袋,走街串巷开始了他的捡破烂生涯。这是 20 世纪 80 年代中期的事情。

　　一天又一天。一年又一年。老 W 不知磨穿了多少双鞋底,背烂了多少条麻袋,辛苦所得只够勉强塞饱肚皮。也难怪,自从先祖创立了捡破烂这份事业,从业者何止成千上万,然而发达者又有几人? 老 W 不敢妄想发达,心想只要饿不着肚皮,就是天大的造化了。但是,令老 W 无论如何也想不到的是,他竟然很快就毫不费力地发达了。

　　这天,老 W 照旧背着他的破麻袋,在城市人鄙夷的目光注视下,穿过一条熙熙攘攘的小街,站在了一排气派的住宅楼前。确切地说,是站在了住宅楼前那排气派的墨绿色垃圾箱前。垃圾箱就是饭碗,这是老 W 的语录。虽然他每天在城市的人群里转悠,小眼睛滴溜溜四处撒睭,但是男的女的丑的俊的人都视而不见,他的所有注意力全放在了寻找垃圾箱上,只要找到了垃圾箱,就等于找到了饭碗。

　　眼下,面对这排墨绿色的垃圾箱,尽管尚不清楚有什么收获,但老 W 还是兴奋得有些哆嗦,他想,只要箱里有臭烘烘的垃圾存在,就有自己香喷喷的饭食存在。老 W 这么想着,便恍如闻到了喷香的炒米饭或者水煮面条,紧接着便仿佛被一股力量推拉着,一头扎进了第一个垃圾箱里。

这一扎不得了，老 W 的嘴巴扎实地啃在了一个硬邦邦的东西上。定睛一瞧，竟是一个塑料蛋糕盒。盒子用红丝线捆扎着，里面的大蛋糕丝毫无缺，七彩的奶油制作的花样图案依旧那么光泽鲜亮，只是时间像是久了些，老 W 看见盒壁上生满了绿毛。不过，老 W 可不在乎这点，他三两下扯开丝线，抓起蛋糕就往嘴巴里塞。就在整个蛋糕将要进肚之际，老 W 突然发现蛋糕底座下面压着一个信封，抽出，打开，老 W"嗷"地叫了一声，信封里竟然装着 1000 元钱！

面对这个意外收获，老 W 当即就乐瘫了。他躺在垃圾箱里，幸福地笑了半个钟头，之后，他从倾斜的箱口深情地望了一眼对面的住宅楼。楼呈乳白色，五层高，透出无形的威严。老 W 意识到，这可是一块真正的"宝地"哪。

第二天，老 W 就把烂铺盖卷从桥洞里搬出来，把家安在了垃圾箱旁边的老杨树底下。从此，许多景致在老 W 的窥视下有条不紊地上演着：一辆辆小车开到住宅楼下，一包包东西扛进住宅楼内，节日期间更是热闹。老 W 的生意也非常红火，几乎日日都有不小的收获，节日过后尤为可观。

转眼到了二十世纪九十年代初期。老 W 早已西装革履起来，脖子上还缀了一条猩红的领带。据说，他在银行里的存款已经向 6 位数靠拢了。又过了两年，老 W 在这个城市里拥有了属于自己的住房，也拥有了一个有些姿色的年轻的女人。

老 W 始终没有改行，他说："好日子还长着呢！"

（原载 2002 年 4 月 8 日《都市消费晨报》）

盲流的素质

走在街头,时常遇到类似景象:好端端的,一些提着篮的、推板车的盲流,便突然惊惶失色,发疯似的从我身边奔过去。初始不明白缘由,驻足看时,原来是穿着制服的几个人在后面追撵。有几个跑得慢的,便被夺下了篮子或是板车,一应果物全部没收。一老汉不让夺,结果被推了好几把,险些跌倒,这才不情愿地松开了抓篮的手。

我起初以为像这样的景致是不大常见的,赶巧叫我撞上了,就没太在意,更没去往仔细里想。后来,再三再四地遇着这样的场景,便忍不住想弄个究竟了。一次,在我供职的单位门口,一些板车们又被扣留,我问一位脸上流着汗的穿制服人员,他说,这都是些"盲流",满街提篮推车地随处叫卖,连一点"素质"都没有,真是的!

这确确实实是我们城市的一道风景了:街头巷口,盲流者推车过市、提篮叫卖,他们在殚精竭虑地帮助我们制造着城市繁荣的同时,也在极尽所能地弹拨着与城市文明不相协调的音符,比如乱吐乱扔,比如乱摆乱占,无怪乎他们不被城市人欣赏了。我想,其实不止我们城市,普天下所有的城市们恐怕都不会容忍这种现象存在的吧。

不过,即便如此,我在这里却不想指摘盲流者,倒想替他们说几句话。原因不为别的,我不太苟同眼下一些人士的"素质"说,就算是给盲流者们抱一些不平吧。

实质上,素质之于盲流者和城市人,双方间并无太大差异,盲流也是受过一些教育,也懂得尊老爱幼,懂得遵纪守法,懂得爱国爱家,还懂得许许多多做人的不可或缺的道理,唯不同的是生存的状态——城市人可以穿着光鲜的衣裳,准时准点捧上三餐饭食,可以在脸上涌现那种无忧无虑的被称作幸福的神气。盲流者则不行,他们为了养活高堂老母,为了哺育膝下弱子,为了盖房娶媳妇,为了那许许多多的起码生存需要,他们得蓬头垢面甚至褴褛着衣衫,奔波在灼人的日光下,叫卖于苦寒的北风里,穿梭在城市人的讥屑中,去品尝人生无尽的辛酸……

或许会说,用"素质"这个词儿不够准确的话,那么至少是缺乏了城市的教养吧。缺乏城市居民独有的教养应该算盲流者的共性,否则他岂不就成了城市的居民? 但盲流的缺乏城市教养,窃以为实不应把过错算在他们自己头上,当检讨的应该是我们城市人自己。试问,我们对盲流者做过什么? 当他盲流到我们这座城市的时候,当他为衣食饥寒忧愁的时候,当他被城市人讥屑、嘲讽甚至遭受侮辱的时候,我们是否给过他"城市守则"或"城市须知"之类的提醒,是否帮他谋过一职糊口生计,是否给了与城市人完全平等的人格上尊重呢? 我看是未必的。

或许又会说,也不谈素养了吧,那么就谈……总之是看着盲流不舒服。我以为,这才是问题的关键。怎么能够舒服呢? 比如外在的形象,城市的我们一律粉脸素面,衣冠楚楚,尤其女流之间,多美容者也;而盲流则是一律地衣衫暗旧,不修边幅。比如消费的气质,城市的我们虽说兜里揣着的钱币也并不可观,但可以优雅地进饭馆,杯盏交错,山吃海喝;盲流者则不敢这般折腾,他们珍惜生命似的看重每一分钱,甚至宁可啃干馕饮冷水,因为他们心里承载了太多的对于父母、妻儿的责任。比如……

我实在是觉得盲流者当赞美的地方多过其他。比如他们的勤快，他们的吃苦，他们的实在，还有他们的对于城市人的谦恭与热情。固然，他们身上留有缺憾，需要比照城市的标准去修补，但在这个并不算长的修补过程里，我们这些所谓城市人该修补什么呢，我看是值得深思的。

摘掉有色眼镜观望盲流吧，我们需要的不仅仅是他的劳力，还需要兄弟朋友的情谊，需要大家庭的其乐融融。

（原载 2002 年 8 月 14 日《新疆都市报》）

排座位

　　局长视察结束,照惯例,要与厂里的大小头头们合影留念。合影地点就选在了厂办公楼前的三级阶梯上。

　　与领导合影,排列座位是一道非常重要的工序,你比方说,谁在前排就座,谁离领导近些,都很有讲究。闹不好,不知不觉当中就会把人给得罪了。好在,这活难不住厂办联络室的老王。老王搞联络工作十余载,经常围着领导们转,积累了一些这方面的经验,排座位不成问题。

　　在办公楼门前的三级台阶上,只见老王迈开大步从东往西丈量,共量出台阶的长度为21步,往回走10步,安放了一张靠背软椅,不用问,这是局长大人的宝座。标出中心位置后,其他位子就好排了,按照官阶大小,本着正科以上领导一律前排就座的原则,依次排开即可。

　　然而就在这道环节上,一个难题摆在了老王面前。

　　这道难题是关于总务科的坐椅归属问题。按说,应该由科长老段坐,但老段前几天已经免职,且已在全厂进行了公布,科里的工作现已由副科长大刘主持了。若安排老段坐前排,大刘就得在后排打站票;若让大刘坐前排,老段就得站在后面。反正,两人不能一块在前排就座。

　　这可如何是好呢?

　　联络员小张说,还是应该由段科长坐。老王说,什么理由? 小张说,人虽不在位了,可人家毕竟是正科。老王说,没错,他在台上是正科,下了台还不是一般群众?小张说,要是刘副科长坐了前排,那其他副科长肯定会有想法。老王说,别人怎么想那是别人的事,人家大刘是总务科明摆着的第一把手,其他科副咋配跟他比呢……

讨论来讨论去,最后由老王定了音:"不管他,有事我兜着!"于是,坐椅的靠背上别上了大刘的名字。

开始照相了。圆脑袋的局长在众人簇拥下,稳步来到中心位置坐定。其他科以上领导按照椅背上的名字,也都纷纷落座。这时候,老段找遍了所有的椅子,不见自己的名字,就喊了一声:"我的位子呢?"老王说:"总务科的位子刘科长坐着了,您到后面自个找地方站吧。"

段科长顿时满面潮红,一声不吭地站到了后面。

然而,谁也没想到,半月后,免职科长老段竟然坐进了副厂长的办公室,由段科长一跃而成为段副厂长。

这个结果众人都始料不及,联络员老王更是惴惴。果然一周后,老王的名字被列进了下岗人员名单里。

(原载 2002 年 12 月 3 日《生活晚报》)

旧　账

孙副乡长被县医院确诊为晚期胃癌！

躺在病床上，孙副乡长一把鼻涕一把泪。想想自己才进不惑年纪，吃不愁，穿无忧，下乡有小车接送，来去有专人陪同，想不到如此风光的日子就要到头了。更令孙副乡长伤心的是，自己得了如此要命的病，竟然没有一人前来探望他！记得过去患了个小感冒，到家中慰问的队伍都能踩破门槛，现在眼看命都不保了，却没人理会他了。孙副乡长想，现在的人真是太世故了，无非是眼看着他即将归西，再也不能用权力给他们办事了，故而不来探望。

正当孙副乡长伤心时，乡办秘书老郭提着一兜水果走了进来。其实，老郭此来并非探望孙副乡长，而是另一个目的：前年他跟着孙副乡长去县上开会，孙副乡长曾借过他200元钱，一直没见还。钱虽不多，但至少是笔账，如今他快撑不过去了，兴许会想起这笔旧账，把钱还给他。

进了病房，老郭扑到病床前，拉住孙副乡长的手，急切地询问病情。那份关心实在令人感动。孙副乡长不由得百感交集，真是危难之际见人心，自己跟老郭关系平平，平时也没给过他一点好处，想不到紧要关头，第一个来探望自己的竟然是他！孙副乡长感慨地说："郭秘书，我没看错，你真是个好人哪！"老郭说："好人有啥用，吃亏的都是好人！"孙副乡长说："我得了这么个病，大概没有几天活头了，不能报答你了！"老郭说："你前年……"

说到这里,老郭突然打住了。他发现,孙副乡长的眼泪哗哗地流了下来,于是便不忍心去提那笔旧账了。

孙副乡长擦干眼泪,接住老郭的话说:"前年?我记起来了,那次到县里开会,对对,是咱俩一块去的,正碰上摸奖,好家伙,一等奖50万呢……"孙副乡长脸上现出活色,目光里充满了惊羡。老郭听到这里,高兴得两手哆嗦起来,可不是怎么着,正是在摸奖摊前,孙副乡长花光了兜里的钱,又借了老郭200元钱,结果只得到了两块普通肥皂。谢天谢地,他终于把这笔旧账记起来了。

孙副乡长继续说:"50万哪,谁不眼馋!真要是摸上了50万,这辈子还愁啥?"孙副乡长拍了一把大腿,"你这家伙,也是叫50万馋疯了吧?花光了身上的钱不说,还借了我200块呢,结果就得了两块肥皂。你可能早就忘了这茬事了,不过,我压根也没想让你还,不就200块……"

老郭一下瘫坐在病床上。孙副乡长说:"你家伙没出息,200块钱,值得紧张么?"但老郭一个字也没听进去。

(原载 2002 年 7 月 24 日《青年快报》)

傻瓜相机

他在中巴车站候车的当儿,那男子凑上来了。

喂,要不要相机,全自动的? 男子边说边左右睃视,仿佛贼一样。

他这才知道碰上了个贩子,心想,这年头的生意人看来真是泛滥了,连手插裤兜走路的闲汉竟然也是个贩子。

不要。他说。他知道贩子们是不会干蚀本买卖的,但凡送货上门,十有八九想多捞点。

贩子却不肯离开,环顾四周,用更低的声音说,不瞒你,相机是我在商场打工时偷出来的,人家商场里卖五百多呢,一百五给你,咋样?

贩子这句话有了奇效,他迅速把眼睛闭了两秒钟。两秒钟里,他算清了这笔账,五百减去一百五等于三百五。睁开眼时,他双目放光,从贩子手里接过相机,左瞧右看之后,掏出一百五十块钱递了过去。

贩子很精明,仔细地眯起两眼,对着太阳光看那纸币,之后迅疾揣进衣兜里,并连连叹息道,唉,算是叫我白扔了。边叹着,边走了。

他的心情出奇的好起来。中巴车迟迟不露面,他也不再去咒那些塞起人来恨不得把车厢胀破的财迷司机了。他干脆蹲在路边,反复把玩那只傻瓜相机,一边玩一边忍不住乐。

这时候,他的朋友柳出现了。

柳是搞新闻的,报上登过几张小照片,对相机有点研究。

他迎上去对柳说,一百五买的,咋样?

柳用有点近视的双眼极端认真地作了鉴定,之后说,这相机不能用,只能当玩具。

他一惊。

柳说,你看看这里,缝隙有小指头宽,胶卷不曝了光才怪,另外做工也很粗糙,商标也模糊。最后,柳总结性地说,总之是不能用。

见他的两个眼睛依旧溜圆,柳又补充性地加了一句,这相机我见过,玩具市场有卖的,顶多值五十块钱。

他的脸像叫人掴了一巴掌,一下子涨成酱紫色,接着便蹲在路边,起劲地擂起脑袋来,连中巴车到站的嘈杂声都没听见。

（原载 2000 年 1 月 24 日《新疆都市报》）

蝴蝶结

　　我低着头,将那张一元面额的纸币放入她身边的小纸盒内,之后恍如被人在后面撵着似的迅速离去——我怕见她那双澄澈的眼睛,怕听到那声孱弱无力的"谢谢"。

　　这是一个寻常的周日,街上重复着往日的喧闹。车轮匆匆,脚步匆匆。川流不息的人群中,她用自己固有的行走姿势牢牢地攫住了我的目光。实际上,那是不能称其为走的。她的双腿先天残疾,异常恐怖地裸露在春天的太阳光下,毫无用处地在身后拖着。她坐在胶皮垫子上,用双手支撑着,慢慢地让身子离开地面,一点点向前挪动着。

　　我就是在她向我挪近的时候注意到她的。她顶多有十三四岁模样,生有一双秀美的大眼睛,只是那眼睛里空洞洞的,毫无光泽。她的头上扎着两个蝴蝶结,悠扬地伸展开,用夺目的黄头绳束着。随着她身体的慢慢移动,那对蝴蝶结轻盈地摇摆着,仿佛一对负重的翅膀,想飞又飞不走的样子。她的脸色清纯透明,但是我却从那稚嫩的脸上读出了一种辛酸和苦涩,读出了一种惶惑和无奈。

　　不少人在她面前驻足,用同情爱怜的目光注视她,随后将面值不等的毛票投到她身边的小纸盒里,还有不少人留下了无数的叹息声,乃至走远了还忍不住回头观望。

　　我迎着那对蝴蝶结走过去。尽管,我一直非常讨厌那些街头的乞者,他们盘踞在热闹的人行道上,挖空心思展示着自己的软弱无助亦或残缺的肢体,博取同情者们的施舍。我知道,他们背后的光景其实并非像他们所展示的那样凄惨和悲苦,他们的金钱甚至远比我富有。但此刻,面对眼前这双负重的蝴蝶结,我却再也不能视若无睹了。

纸币飘然入盒的刹那,我突然涌上了一种极其怪异的感觉:一双眼睛或许正躲在暗处的某个角落朝我窥望。我知道那是女孩的母亲或者父亲。我知道他们此刻一定在窃喜哩,为残疾女儿又给他们讨得了一小笔财富而窃喜。

这一刻,我突然想到了我的健康活泼的女儿。我知道,我的女儿此刻正在宁静温馨的小学校园里,无忧地读书,快乐地游戏,把她的笑声洒满了校园每个角落。我在心里说,孩子,只要父亲的脊梁还硬着,我就会站成一棵大树,给你遮挡风雨,让你成为天底下最幸福的孩子!

蝴蝶结渐渐远去了。再回头看时,我仿佛看见了一只娇弱的蝴蝶,翅膀努力扑动着,那么想自由自在地飞,却被一双大手擒住了,任凭她挣扎和哀鸣,一切都徒劳。

我的心一下子沉重了起来,忽然想哭。

（原载 2003 年 4 月 2 日《都市消费晨报》）

遭遇敲诈

去年盛夏,我陪北京的朋友到吐鲁番小游,在"千佛洞"风景区内,险些被一名中年妇女敲诈去钱财。

那天,吐鲁番气温高达摄氏 40 度,我与朋友游罢"千佛洞"窟,顶着烈日向风景区出口走去。"老板,买个小佛吧,留个纪念!"一名 40 多岁的中年妇女拦住去路,笑吟吟地兜售她手里捧的一尊小佛。佛像泥塑而成,有一只纯净水瓶子大小,塑得栩栩如生,非常招人喜欢。

朋友眼睛一亮,接过小佛正欲细看,不料,发生了意想不到的事情:泥佛在朋友手中突然断成了两截。

"你弄坏了我的小佛,赔钱,100 块钱!"中年妇女立马笑脸转阴,一把拽住朋友的胳膊,尖声叫嚷起来。

朋友辩解道:"我根本没用力,怎么会断呢?"

中年妇女不依不饶:"就是你弄断的,赔钱!"

这时,我们终于明白,遭遇敲诈了。泥佛原本就是断开的,不过被小心粘合了起来,不明就里者拿到手中,不断才怪。其实,这等诈术十分拙劣,我们都不是三岁小孩子,怎肯轻易上当!然而,不管我们怎么说,中年妇女始终咬住一句话:"不赔 100 块钱,今天就别想走!"

不能让远道而来的朋友难堪,也决不能让诈骗者轻易得逞,我望着景区内来来往往的游人,说:"请让我的朋友先出去,钱么,我赔你！"中年妇女松开朋友，又拽住了我的胳膊。我示意朋友先走。朋友会意，出了景区。

"快拿钱来！"中年妇女说。

我说："别急，等出去的时候再给你。"说完，我挣脱妇女的手，一边继续参观，一边寻找脱身的办法。

中年妇女跟在我后面转了一圈，大概累了，便径直来到景区出口等我。那出口用铁栏杆遮挡，仅留下一人出入的通道。中年妇女此刻就站在栏杆旁边，一双眼睛始终不离左右地盯着我。看来，不掏钱是难以出去的了。

经过一家旅游品商店时，望着门前陈列的衣帽，我突然意识到，自己身上的红色 T 恤太惹人注意，中年妇女或许就是凭着这红色上衣，才能够在众多游人中轻易地用目光跟踪我。我何不乔装改扮一番，让她迷失追踪目标呢？

于是，我拐进商店，花 10 元钱买了一件蓝背心和一顶旅游帽，装扮完毕，将 T 恤衫揣进裤兜，大摇大摆地来到景区出口。中年妇女压根就没看我一眼，继续在景区内寻找我的踪影。悠闲地经过她身边时，我突然忍不住想笑。

朋友听了我的脱身之计，一个劲怪我胜之不武。

我说，这叫以其之骗道还治其本身，谁让她昧着良心去骗别人呢，也该让她尝尝被别人骗的滋味了。

（原载 2002 年 10 月 21 日《乌鲁木齐晚报》）

白食者说

我的一位朋友新婚,在豪华大饭店摆下丰盛酒席,款待男宾女客。开吃前,我粗略一点,酒席不下二十桌,嘉宾少说二百人,十之六七我不认识。席间,与一位西装革履的仁兄比肩而坐。此位仁兄不胜酒力,两杯水酒灌下肚子,嘴上顿时没了遮拦,于是有了下面这番高谈——

别问我姓什么叫什么,也别问我从哪里来。职业么倒没啥可保密的,在这里不妨给老兄你透露一二。

不瞒老兄,我是个盲流。起先在一个建筑工地上混饭吃,搬砖搅泥推小车,啥都干,累死不说,待遇贼差。后来一生气辞了差事,去自由市场当了个破烂王,收入虽说不低,别的待遇却不行,尤其不被人家当人看。后来又不干了,去给人家当保安站大门,制服一套挺像回事,但兜里捞的票子还不够喝酒钱,于是一生气又不干了。

就在我的工作屡干屡换的时候,我突然发现了一个新行当:吃白食。这个活儿轻快,不用动脑筋,也用不着出力气,你只要弄套有点档次的西装往身上一套,用梳子蘸点水把头发梳到一边,再弄个平光眼镜一戴,摆出一副十足的"人物"样,这就行了,香的辣的由你挑吧。

第一次上岗的时候,心里还真有点虚,生怕叫人家看穿了。好在婚礼上一般都乱糟糟的,大家伙儿的眼珠子也都叫新郎新娘吸住了,没有人愿意理会我的存在。咱只管低着头吃喝。当然,偶尔也被人家注意过，那一般都是婚礼仪式搞完了，同志们各就各位准备大干一场的时候。婆家或娘家人招呼大家都坐好了，看看自己眼前有没有缺碟子少碗什么的，我于是也跟着成了被关照的对象。

有一次转悠大半天，没找着结婚的主儿，正在丧气的时候，突然听到远处传来爆竹声。我知道有局了，于是赶紧往那跑。进了酒店后，不想有些迟了，桌子上酒菜已经摆停当。我站门口一看，坏了，没有空位子了。正准备撤退呢，走过来一人，催我："快快，开席了！"说着一把拉起我的手，穿过几排桌子，替我找到了一个席位。

当然，这是乍开始上岗的时候，没经验，所以才会去晚了。后来，我摸着了一个规律，那就是逢双的日子出动准没错，你还别说，这样一来再也没有迟到现象了。

老在酒肉席上泡着，肚皮倒是舒服了，身子骨还真是有些吃不消呢。这不，腰围可着劲地长，光裤腰带都换了三条了。那天肚子疼，去医院一检查，俺娘哎，医生说俺得上了脂肪肝儿，还满脸同情地说，你们这些当老板当经理当大干部的人哪，吃吃喝喝连命都不要了，何苦呢？

嘿嘿，他倒真把咱当人物了。看来咱这个工作不能再换了，脂肪肝儿就脂肪肝儿吧，谁叫咱喜欢这行呢。

来，老兄，别光听着呀，咱哥俩再干了这盅！

（原载 2004 年 3 月 4 日《都市消费晨报》）

沉重的索赔

几年前在一家皮衣清洗店消费的经历,始终像一个挥之不去的旧梦,潜藏在我心底的某个角落里,以致在我再次消费的时候,它便悄然出现,左右着我掏钱的速度……

那是一家临街店铺,规模不算大,落地玻璃门上贴着两行红色大字:"童叟无欺,质量至上。"我几乎没有任何犹豫,推开门便走进去。一位面容姣好的姑娘当即放下手头事务,异常热情地招呼我。问清价钱,递上那件需要清洗的皮衣,交罢 200 元清洗费,当我走出那扇落地玻璃门时,感觉像沐在了三月的春风里,浑身暖洋洋的。

然而几天后,我去取洗好的衣服时,这份暖意便荡然无存了。皮衣根本没洗干净,领口、袖口及下摆处仍然遍布污渍,保养质量也非常差,与其门前的广告牌上所宣传的"确保质量"之说相去甚远,我决定让其全额退款。

不料,我的话刚说完,那位本来一直笑容可掬的漂亮姑娘顿时笑意全无,冷冰冰地甩过来一句话:"我明确告诉你,全额退款做不到!"稍顿又补充了一句,"按照我店的赔付标准,顾客不满意,只能退还你全价的 20%!"言毕不再理会我的存在,又微笑着去招待新来的顾客了。

接下来,我找到了这家清洗店的老板。那是一位中年男子,微胖,鼻梁上架了一副眼镜,显得文质彬彬。但他开口讲起话来,却与那文雅的外表大相径庭:"我说你这人咋这么难缠,没钱就不要来洗衣服嘛！"我说："衣服没洗干净，你们总得给我个说法吧？"他不耐烦地一挥手："衣服已经清洗了，全额退款不可能！"之后不容我插话，又补充了一句，"都像你这样，我们的生意还做不做哪！"见他态度强硬，我说："那我们只有请消协来主持公道了。"他腾地从坐椅上站起来："随你便吧！"

我再次走进那家清洗店的时候，是与消协的一名同志共同前往的。面对消协的判赔结果，那位老板虽然极不满意，却也无可奈何，于是对他的下属说道："给他200块钱，快把他打发走！"后面又嘟囔了一句什么，我没听清楚，但我看见镜片后的那张胖脸上印满了懊丧，于是一种胜利的自豪感从我的心底涌起，很快充斥了全身。

孰料，就在我走出那道落地玻璃门时，那位容貌姣好的姑娘吐出一句清晰的脏话："傻×，也配穿皮衣！"我的热血腾地胀起来，正欲转身与她理论，消协的同志一把拉住我："算了吧，钱都全退了，你就当没听见吧！"

离开那家清洗店后的许多日子，我的心里一直沉甸甸的。作为一名普通的消费者，我们用法律作武器维护自己的合法权益是多么不易，即使成为一名胜利者，但这胜利的喜悦里面却包含了那么多的沉重和委屈。为什么呢？

（原载2003年3月15日《都市消费晨报》）